굿
바이
불면증

굿
바이
불면증

정윤주

불면의 밤과 안전하게 이별하는 법

라라

나의 불면증 체크 리스트

A 타입

"현재 나의 수면 상태를
체크하고 점수를 합산해주세요."

	0점	1점	2점	3점
불 끄고 나서 잠들 때까지 걸리는 시간은 어떤가요?	문제 없음	약간 지연됨	꽤 많이 지연됨	많이 지연됨
밤에 자다가 깨나요?	아니다	약간 그렇다	상당히 그렇다	심각한 수준
원하는 시간보다 일찍 잠에서 깨나요?	아니다	약간 일찍	꽤 많이 일찍	매우 일찍
총 수면 시간은 충분한가요?	충분	약간 부족	꽤 많이 부족	많이 부족
전체적인 수면의 질은 양호한가요? (수면시간에 관계없이)	만족	약간 불만족	꽤 많이 불만족	매우 불만족
낮에 건강하다고 느끼나요?	정상	약간 감소	꽤 많이 감소	매우 감소
낮에 정신적 육체적 활동 능력은 양호한가요?	정상	약간 감소	꽤 많이 감소	매우 감소
낮에 졸린가요?	전혀 안 졸림	약간 졸림	상당히 졸림	심하게 졸림

(출처: The diagnostic validity of the Athens Insomnia Scale)
위 문항의 총점이 6점 이상인 경우, 임상적 불면증으로 볼 수 있습니다.

B 타입

"지난 4주 동안의
수면 상태를 체크해보세요."

	전혀 그렇지 않다	그렇지 않다	보통이다	그렇다	늘 그렇다
잠들기 어렵다					
잠드는 데 30분 이상 걸린다					
깨고 난 후 다시 잠드는 데 시간이 많이 걸린다					
이른 새벽에 잠에서 깬다					
잠들기 전에 숙면을 취할 수 있을지 불안하다					
잠들기 위해 술을 마신다					
아침에 일어나기 힘들다					
잠을 자도 여전히 피로가 풀리지 않는다					
잠자리에서의 시간은 충분했지만 필요한 만큼 오랜 시간 자지 못했다					
잠을 자도 낮에 졸리거나 피로하다					

한국건강관리협회의 경기건강증진센터에 공개된 자료입니다. 위 문항에서 2번 이상 '그렇다' 또는 '늘 그렇다'라고 체크한 경우, 임상적 불면증으로 볼 수 있습니다.

프롤로그

이혼은 저에게 깊은 상처를 남겼습니다. 어찌나 깊었던지 불면증이라는 증상으로 불사조처럼 살아있는 자신의 존재를 끊임없이 드러냈습니다. 불면증은 여전히 살아 숨 쉬는 상처를 돌보고 회복하라는 의미였지만 저는 잠을 자지 못하는 고통에 짓눌려 상처를 밀어 둔 채 잠에만 집착했습니다.

'제대로 잠만 잘 수 있으면 얼마나 좋을까?'

어떻게 시작된 불면증인지 알고 있었지만 본질은 보지 않았습니다. 보고 싶지 않았고, 본다고 해도 불면증이 해결될 것 같지도 않았습니다. 잠은 그렇게 저를 지배했고 저는 어느덧 잠의 노예가 되었습니다.

대단한 것을 바라지 않았습니다. 그저 남들 다 자는 편안한 잠을 자고 싶었을 뿐입니다. 무엇 하나 뜻대로 되지 않는다고 이것저것에 핑계를 대며 원망을 쏟았지만 저를 가장 고통스럽게 한 것은 다름아닌 불면증이었습니다. 받아들이고 싶지 않았지만 ADHD주의력결핍과잉행동장애인 두 아이와 이혼이라는 현실은 받아들이지 않을 수 없었습니다. 여기에 잠 하나도 제 마음대로 잘 수 없다고 생각하니 억울하고 속상하고 서글펐습니다. 뜻대로 되는 것이 없는 인생이지만 불면증만 없으면 그래도 그럭저럭 숨쉬고 살 수 있을 것 같았습니다. 수면제를 복용하던 칠 년간 가장 행복한 순간은 아이들이 잠든 것을 확인한 후 여덟 개의 약을 삼키고 눈을 감을 때였습니다.

저처럼 불면증으로 고통받는 사람은 불면증에서 벗어나 안심하고 자는 것을 가장 원합니다. 그래서 이런 저런 방법을 찾습니다. 주위에서 어떤 의사가 진료를 잘 하고 어떤 병원이 유명한지 관심을 기울이고, 누군가 효과를 봤다고 하면 혹시나 하는 마음에 일말의 희망을 품고 찾아갑니다.

저 역시 불면증을 비롯해 약 처방을 잘 하기로 소문난 의사를 소개받아 수면제를 처방 받았습니다. 수면제는 그동안 약을 복용하지 않은 제 자신이 바보 같다는 생각이 들 정도로 효과를 보여 사막의 오아시스처럼 잠을 자게 하고 일상 생활을 영위하게 해주었습니다. 이보다 고마운 존재는 없었습니다.

약이 떨어지면 단 하루도 잠을 잘 수 없기 때문에 일상은 진료 날짜를 중심으로 돌아갔습니다. 수면제를 복용하기 전보다 오히려 수면제와 잠에 종속된 삶을 살았지만 인식하지 못한 채 최선의 치료를 받고 있다고 여겼습니다.

두세 알을 복용해도 잠을 잘 자던 초반과 달리 시간이 지날수록 동일한 잠을 자기 위해서는 더 많은 수면제가 필요해졌습니다. 언제든 수면제를 끊으면 잠을 잘 수 없다는 사실을 알면서도 '치료' 받고 있다고 생각했습니다.

과연 그럴까요? 일반적인 치료는 시간이 흐르면 처음에 복용하던 약의 개수와 용량이 줄어드는 반면에 증상은 완화됩니다. 하지만 불면증 치료는 그와 정반대였습니다. 수면제 없는 불면증 치료는 불가능했고 수면제가 불면증 치료의 전부였지만 '칠 년간의 치료'에도 불면증은 전혀 호전되지 않았습니다. 이것이 바로 치료로 치료되지 않는 불면증 치료의 맹점입니다.

치료의 개념으로 접근하면 결코 불면증에서 벗어날 수 없습니다. 불면증은 치료가 아닌 치유할 때 벗어날 수 있습니다. 병이나 상처 따위를 다스려 낫게 한다는 의미에서 치료와 치유의 사전적 의미는 별반 다르지 않습니다. 하지만, 치료와 치유의 주체는 전혀 다릅니다. 치료는 내가 아닌 다른 사람이 하고, 치유는 스스로 합니다.

치유자로 온전한 주체가 될 때 왜, 무엇을, 어떻게 선택해야 하는지 명료하게 알고 시행할 수 있습니다. 스스로 치유하지 않고 다른 사람의 손에 맡기는 수동적인 치료로는 결코 불면증에서 벗어날 수 없습니다. 그동안 왜 불면증에서 벗어나지 못했는지 이해가 되시나요?

저 역시 무려 칠 년 동안 최선의 치료를 받고 있다고 생각했지만 실제로 호전된 것은 전혀 없었습니다. 오히려 수면제의 내성과 부작용, 중독으로 고통스러운 금단증상을 겪었습니다.

지긋지긋한 불면의 밤에서 벗어나고 싶으신가요? 치료하지 말고 치유하세요. 저의 자유는 치료가 아닌 치유에서 시작했습니다 치유자의 삶을 선택하자 수면제와 불면증에서 벗어난 것은 물론 원하는 인생을 살게 되었습니다.

치료가 아닌 내적, 외적 치유가 우선될 때 원하는 자유를 얻을 수 있습니다. 이 책이 치료에서 치유로, 더 나아가서 삶의 주인이 되는 여정의 동반자가 되기를 소망합니다.

추천사

책에서 제시하는 '걷기, 명상, 감정 일기, 감사 일기 작성' 등의 활동은 진료실에서도 권고하는 것들이다. 일상에서 차곡차곡 쌓은 이런 활동들의 실천이 불면증, 불안, 우울감을 개선하는 데 얼마나 큰 위력을 발휘하는지를 저자의 생생한 체험을 통해 확인할 수 있었다. "운동화를 신고 현관문을 여는 내 모습은 나에게 주는 가장 큰 선물"이란 책 속 문장을 직접 몸과 마음으로 느껴 보길 바란다.

☾ 조현우 정신건강의학과 전문의

불면이라는 소재로 시작하지만, 다 읽고 보니 나 자신이 주도적으로 좋은 쪽을 선택하는 삶으로 회복하고 치유하는 시간이었다. 경험에서 우러나온 실천들을 할 수 있는 것부터 하나씩 실행해 간다면, 어느새 원하는 삶의 모습을 회복한 내 모습을 알아차리게 되지 않을까? 여러 가지 삶의 문제로 생각이 많아 잠 못 이루는 분들에게 다시 한번 변화를 시도할 계기가 되어줄 것이다.

☾ 수면명상앱 코끼리, 문성화 대표

우울증과 불안증에 시달리는 사람들이 6억에 달하는 시대인 오늘날, 자신의 삶을 리드해 나가는 당당한 나로 서기 위해 반드시 읽어볼 책으로 추천한다. 정윤주 작가는 이 책을 통해 잔잔하지만 힘 있는 정서적 언어로 불면을 인식하고 이겨내기 위한 힘을 준다.

☾ 호주 마인드케어상담코칭 대표 김애린, D.Ed. Min

불면증 치료의 대상에서 치유의 주체로 거듭난 저자는, 잠의 문제 이면에는 삶의 이야기가 숨어 있고, 잠의 위기는 삶을 만날 기회가 될 수 있다고 말한다. 회복의 중심에는 약이 아닌 수용과 삶의 방향성, 그리고 실천이 있다. 저자 자신의 체험을 바탕으로 한 구체적인 코칭 사례들을 통해 우리도 자기 치유자로 거듭날 수 있다는 용기를 얻는다.

☾ 장창현 정신건강의학과 전문의

상담에서는 자기를 돌보고 사랑하는 것을 강조한다. 그러나 이것을 실천하는 것은 어렵고 막막하다. 불면으로 힘들어하는 사람들에게 가장 필요한 것은 나와의 관계 회복일지 모른다. 저자는 '자기 돌봄'이 어떤 것인지 자신의 경험을 공유하며 소개하고 있으며, 세심한 안내에 따라 한발 한발 걷다 보면 숙면뿐만 아니라 나 자신을 진정 사랑하는 사람으로 살 수 있으리라 기대한다.

☾ 총신대 아동상담심리학과 교수 이유영

목차

첫
번
째,

생각 줍는 이야기

불면의 밤이
내게 말을 걸어왔다

불면증은 내 삶에 절대 일어나서는 안 되는 사건이었다

"뉴스 속보입니다. 고속도로에서 빗길에 닭을 싣고 가던 트럭과 반대 방향에서 오는 버스가 추돌해 전복한 사고가 발생했습니다. 두 차량의 사고로 뒤따른 차량의 연쇄 충돌로 현재 5중 추돌 사고가 발생한 OO 도로 현장입니다. 양방향 교통 통제 가운데 현재 사망자는 3명, 병원으로 이송해 치료 중인 사람은 17명으로 집계되고 있습니다. …"

빈번하지는 않지만 일상적인 교통 사고입니다. 이처럼 우리는 매일 사건과 사고 속에 살고 있습니다. 내 삶에 직접적인 영향을 미치지 않을 뿐 지구 반대편에 사는 사람 역시 매일 크고 작은 사건 속에 살아가고 있습니다. 이러한 사건과 사고 소식에 우리는 함께 애도하며 공감합니다.

'어쩌면 좋아, 너무 안 됐네… 졸지에 저런 사고를 당하다니 가족들은 오죽할까? 정말 한 치 앞도 모르는 게 사람 일이야.'

하지만 애도의 순간은 짧습니다. 원치 않는 사건과 사고, 일상에 속하지만 일상적이지 않은 사건과 사고는 대부분 나와 무관하다고 생각합니다.

'저건 저 사람의 사고야. 운이 정말 나빴네. 나한테는 일어날 리가 없어.'

불행한 사건과 사고는 다른 사람에게는 일어나도 괜찮지만 내 삶에는 일어나면 안 되는 '특별한 사람만의 특별한 일'로 규정합니다. 그렇기 때문에, 가볍게 무시하고 각자의 일상을 살아갑니다. 반면에 기대하고 바라던 일이 생기면 어떨까요? 예를 들면 복권과 경품에 당첨되고, 고민하다 찍은 시험지의 답이 맞고, 집을 구매할 시기에 마침 집 값이 떨어져서 저렴하게 매수하거나 간절히 바라던 아이가 생긴다면 어떨까요? 운이 좋다고 하면서도 내 삶이기 때문에 당연하게 여깁니다.

불면증 역시 마찬가지입니다.

"요즘 가게 일이 좀 많은 것 말고는 특별한 게 없어요…. 스트레스야 남들 받는 만큼 받고 매일 비슷한 일상인데 잠자리에 눕기만 하면 온갖 쓸데없는 생각에 잠이 안 와서 미칠 것 같아요."

"가뜩이나 취업 준비 땜에 속이 타들어 가거든요. 벌써 3년째에요. 이번에는 꼭 합격해야 해요. 그런데, 잠을 못 자면 공부하기 힘들잖아요. 같이 공부하는 사람들한테 물어보니 누우면 바로 곯아 떨어진대요. 저도 매일 잠이 부족해서 죽을 것 같은데 막상 누우면 대체 왜 잠이 들지 않는지, 괴롭고 답답해요."

"저 같은 사람한테 불면증이 생기다니 이건 말도 안 돼요. 친구가 수면제를 먹어보라고 하는데 약은 먹고 싶지 않거든요. 그래서, 불면증에 좋다는 건 다 찾아봤는데 결국 좋은 습관 갖고 운동하라는 거였어요. 그런데, 저는 워낙 규칙적이고 운동도 열심히 해요, 그동안 잠으로 고생해 본 적도 없어요. 벌써 한 달째 불면증으로 고생하니 어처구니가 없고 너무 피곤해요. 근무 시간에 매일 하품하고 조니까 상사가 눈치 주고 이러다 인사 고과에 문제 생겨서 승진 못 할까봐 걱정이에요."

잠을 못 자면 누구나 힘들고 지치고 만사가 괴롭고 짜증 납니다. 이렇게 감정적이고 무기력한 사람이었나 싶을 정도로 감정은 물론, 생각 따로 몸 따로 무엇 하나 뜻대로 되지 않습니다. 잠은 생존과 직결된 부분이기 때문에 나라는 사람을 구성하는 요소마다 빨간 불이 들어오는 것은 당연합니다. 생존의 위기보다 더 큰 위기는 없으니까요.

생각지 않게 생존을 위협하는 불면증이라는 사건은 뉴스 속보에 나온 5중 추돌 사고와 마찬가지입니다. 다른 사람에게는 일어나도 되지만 내 삶에는 일어나지 않아야 하고, 일어나서는 안 되는 사건이 발생했다는 의미입니다.

하필이면 이 순간에, 대체 왜 나에게?

불면증은 교통 사고가 나고, 화재가 발생하고, 어느 날 갑자기 6개월 시한부 인생을 선고받은 암 환자처럼 다른 사람에게만 일어나는 일이 아닙니다. 다른 사람에게 일어나는 일은 언제든지 내게도 일어날 수 있습니다.

내 삶에도 언제든지 원치 않는 사건이 생길 수 있다는 사실부터 받아들여야 합니다. 불면증 치유는 수용에서 시작합니다.

'아니, 당장 불면증이 현실인데 뭘 더 받아들이라는 말이야? 불면증 때문에 상담받고 운동해도 매일 밤 괴로워 죽을 지경인데 불면증이 생겼다고 춤이라도 추나?'

불면증을 받아들인다는 것은 '잠을 못 자서 힘드니, 고치도록 노력한다'의 개념이 아닙니다.

원치 않은 사건, 내 삶에는 일어나지 않기를 바란 불면증이 통제 불능의 상황을 만들어 버린 상황에 대한 전적인 수용을 의미합니다. 인정하고 싶지 않지만 복권에 당첨되고, 꿈에 그리던 이상형을 예기치 않은 장소에서 우연히 만난 것처럼 원치 않는 상황에 대한 받아들임이 필요합니다.

'잠을 못 자서 속상하고 지치고 짜증 나지만 내게도 이런 일은 얼마든지 생길 수 있어. 다른 사람에게 일어나는 일은 나한테도 생길 수 있어.'

불면증이라는 이미 발생한 사건 자체는 아무도 변화시킬 수 없지만 불면증을 대하는 태도는 바꿀 수 있습니다. 수용없이 불면의 밤에서 온전한 자유를 얻는 것은 쉽지 않습니다.

'절대 일어나서는 안 되는 불면증'에서 '언제든지 일어날 수 있는 불면증'으로 바뀌었습니다. 이 한 가지 사실만으로 불면증은 더 이상 세력을 확장하지 않습니다. 수용은 포기나 회피가 아닙니다. 상대의 힘을 약화하고, 내 힘을 강하게 하는 출발점은 수용에서 시작합니다.

　인생의 목표와 계획을 세울 때 처음부터 사건과 사고를 염두에 두고 계획하는 사람은 없습니다. 그만큼 한 치 앞을 알 수 없는 것이 인생이며 그로 인해 근심과 걱정에 휩싸이기도 합니다. 하지만 한 치 앞을 알 수 없기에 뜻밖의 즐거움과 기쁨이 가득한 것 역시 인생입니다. 얽히고 설킨 통제 불가능한 요소 덕분에 균형과 조화를 이루며 빛나는 것이 인생입니다.

　불면증은 어긋나 있는 삶을 바로잡고, 나답게 사는 기회를 주려고 찾아온 손님입니다. 낯설고 불편하고, 때로는 불안과 두려움이 엄습하지만 나를 찾아온 손님의 목적이 무엇인지 알게 된다면 더 이상 불안과 두려움에 떨지 않을 수 있습니다.

　　　　불면증은 잠보다 내면의 문제였다

　불면증을 진단받거나 증상이 나타났을 때 어떻게 반응하셨나요? 속상하고 억울하고 짜증 나셨나요? 부족한 잠으로 멍한 나머지 아무 느낌 없이 오직 자고 싶다는 생각만 하셨나요?

지금 당장은 '잠'이 최우선이고 '잠'을 해결하는 것이 급선무인 것 같지만 잠 못 이루는 밤은 잠의 문제가 아닙니다. 잠을 못 자서 괴로운데 잠이 문제가 아니라고 하니 당황스러울 수 있습니다. 그럼 대체 무엇이 문제일까요?

불면의 밤이 찾아온 이유는 수백, 수천 가지로 지극히 개인적이며 다양합니다. 모두의 외모와 성격이 다른 것처럼 잠 못 드는 이유와 원인 역시 다릅니다. 저마다 다른 이유와 원인이 있지만 불면으로 고통받는 사람에게 나타나는 공통점이 있습니다. 바로 자신에게 찾아온 불면이라는 손님을 책임지지 않으려 한다는 사실입니다. 아무리 불청객이라 한들 내게 찾아온 손님을 다른 사람에게 떠넘길 수 없음에도 말입니다.

'취업 때문에, 늘어난 체중 때문에, 대학 입시 때문에, 결혼 때문에, 임신 때문에, 시부모님 때문에, 남편 때문에, 아내 때문에, 아이들 때문에, 대출 이자 때문에, 승진 때문에, 건강 때문에, 친구 때문에, 직장 상사 때문에….'

잠 못 이루는 밤을 원하는 사람은 없습니다. 누구나 깊고 편안한 잠을 자고 싶어 합니다. 그렇기 때문에 불청객까지 책임져야 한다는 생각은 하지 않습니다. 골절, 암, 관절염처럼 하나의 질환으로 병원에서 수면제까지 처방하는 증상이니 더군다나 스스로 책임져야 한다는 생각은 하지 않습니다.

"그 인간만 아니면 진작에 두 다리 쭉 뻗고 잤어요."

"늘어나는 이자만 생각하면 심장이 벌렁거리고 잠이 달아나요."

"취업만 하면 꿀잠 잘 텐데 몇 년째 공부하느라 수면 사이클이 망가졌어요. 우리나라 같은 경쟁 사회가 아닌 솔로몬 제도 같은 데서 태어났으면 불면증 같은 건 안 생겼을 거에요."

반면에 무조건 자책하는 경우도 있습니다.

"제가 워낙 게으르고, 운동도 안 하고, 커피도 좋아하고, 야근 위주로 일하면서 늦게 자다 보니 불면증이 온 것 같아요. 제가 하는 일이 다 그래요…. 진작에 운동하고 커피도 줄여야 했는데 이제는 인이 박혀서 커피 없이는 못 살아요. 운동할 시간도 없어요. 제가 이렇게 만들었다고 봐도 무방하죠. 평생 이렇게 잠과 씨름할 수는 없으니 정 안 되면 그냥 수면제 먹으려고 해요."

자책은 책임을 진다는 의미가 아닙니다. 차마 다른 사람이나 상황을 공격하고 비난할 수 없기 때문에 자신을 공격하며 화를 쏟는 것이 자책입니다. 다른 무언가에 화를 낸다고 상대가 책임 지거나 불면증이 호전되지 않는 것처럼 자신에게 화를 낸다고 해서 잠이 오지는 않습니다.

책임을 전가한 대가는 나에게 온다

그동안 불면증의 원인이라고 생각한 사람, 상황과 사건, 자신을 원망한 결과가 어땠는지 생각해 보세요. 기다리던 잠이 찾아왔나요? 원망으로 숙면이 찾아온다면 백 번이고 천 번이고 원망하면 됩니다. 하지만 안타깝게도 원망이 깊어지는 만큼 불면의 밤 역시 깊어지고 몸과 마음은 황폐해집니다.

'또 밤새웠어, 이러다 계속 못 자면 어떡하지? 잠 못 자면 치매 확률이 높아진다는데? 이건 사는 게 사는 게 아니야… 그 인간만 아니었어도….'

원망은 적절한 해결 방안이 아님에도 많은 경우 원망에 사로잡혀 시간을 보냅니다. 그리고 원망으로 시작한 하루는 우울과 짜증, 피곤과 무기력을 불러오고, 밤이 다가올수록 불안까지 가세합니다.

원망과 불안, 불면으로 점철된 일상에서 대안을 찾지 못하면 수면제를 찾기 마련입니다. 나날이 증가하는 불면증 환자의 숫자만큼 수면제를 복용하는 모습은 더 이상 낯설지 않아졌습니다. 게다가 간편함, 신속함과 가성비, 에너지 효율 및 효과 면에서 수면제와 견줄 만한 것은 없습니다. 어느덧 불면증에는 수면제가 정답이라는 공식마저 자연스럽게 성립되었습니다.

약을 벗 삼을 생각은 없지만 잠을 자고, 일상생활을 영위하게 해주는 수면제는 누구보다 나를 이해하는 가장 좋은 친구로 자리합니다. 어린 시절부터 함께 한 죽마고우가 아님에도 불면의 고통을 이해하고 나누며 해결책까지 제공해 주는, 없어서는 안 되는 소중한 존재가 됩니다.

누가 내 고통을 이토록 이해하며 짐을 덜어줄 수 있을까요? 고마움, 위로와 위안, 삶에 활력과 에너지를 준 친구와의 관계가 영원히 아름답게 지속된다면 얼마나 좋을까요? 안타깝게도 영원한 해피엔딩은 현실이 아닌 영화에서만 존재합니다.

수면제의 역할

스스로 일어설 수 있는 최소한의 신체적 정서적 에너지를 주면서 동시에 시간을 확보해 주는 도우미의 다른 이름이 수면제입니다. 임시 거처에서 평생 거주할 수 없고, 오줌 눈다고 언 발이 녹지 않듯이 약은 임시방편입니다.

CNN이, 미국 뉴욕에 자리한 아이칸의학대학원의 장 왕 교수수면의학의 도움을 받아 보도한 자료가 있습니다. 2010년의 한 연구에 따르면 미국에서 수면제 남용으로 인한 사망자 숫자는 최대 50만 명으로 추산된다고 합니다. 졸피뎀zolpidem과 테마제팜temazepam을 포함한 수면 보조제를 처방받은 사람은 그렇지 않은 사람에 비해 건강 악화 또는 사고로 사망할 확률이 4배 이상 높았으며, 심지어 한 달에 수면제를 두 알 이하로 먹은 사람도 그렇지 않은 사람보다 사망할 확률이 3배나 높았습니다. 따라서 의사들은 불면증이나 다른 수면 장애를 호소하는 환자에게 바로 수면제를 처방하지 않습니다.

또한 수면제 중 일부는 중독성이 있어서 수면제 없이는 잠을 잘 수 없다고 느끼는 사람이 있고, 알코올이나 특정 진통제와 섞이면 위험할 수 있습니다. 일부는 낮에 졸음을 유발하고 운전과 다른 운동 활동을 방해할 수 있습니다. 진정성 수면 보조제는 환각 및 해리성 행동을 가져올 수 있습니다. 수면 보조제를 복용하고 잠들었다고 생각하는 상태에서 차를 운전하고, 음식을 요리하고, 전화를 걸고, 돌아다닐 수 있는데 대부분은 전혀 기억하지 못합니다. 또 잠이 깬 후에도 졸려서 비몽사몽 상태가 될 수도 있습니다.

물론, 수면제가 반드시 필요한 상황이 있고, 사람마다 필요한 기간과 종류, 용량이 다르기 때문에 무조건 약에 대한 불신과 선입견으로 기피하는 것은 바람직하지 않습니다. 다만, 모든 약에는 부작용이 따릅니다. 어느 날 우연히 만난 사람과 평생을 기약할 수 없듯이 약은 약의 역할을 하고, 나는 내 역할을 해야 합니다. 한쪽이 아닌 양방향에서 역할을 다할 때, 위기를 기회로 변화시킬 수 있습니다.

불면의 위기를 기회로 잡으려면

과거는 바꿀 수 없습니다. 아무리 강력한 지우개나 화이트를 사용해도 결코 지우거나 변화시킬 수 없습니다. 하지만 오늘, 지금 이 순간의 선택과 실행으로 내일, 일주일, 3개월, 1년 뒤 꿀같이 달콤한 잠을 잘 수 있습니다. 미래의 밤, 더 나아가서 인생을 변화시킬 수 있는 기회는 지금 바로 이 순간입니다.

나는 무엇을 해야 할까요?

첫 번째, 불면증을 객관적으로 바라봅니다.

불면증은 예민하고 까칠하고, 나약한 마음 때문에 겪는 증상이 아닙니다. 그동안 열심히 살았다는 증거이자 내가 아닌 다른 사람을 위해 살았다는 표시이기도 합니다. 그래서 이제는 조금 쉬면서 몸과 마음을 돌보라는 신호입니다. 살면서 누구나 흔히 겪을 수 있는 증상입니다.

2021년 국민건강보험공단 통계에 따르면 불면증 환자는 약 68만 명, 우울증 환자 약 93만 명으로 2016년 이후 계속 증가하고 있습니다. 대략 국민의 1/3 정도가 불면증을 호소한다고 하니[1] 불면증은 특별한 사람에게 해당하는 이야기가 아닌 일상적인 증상이라고 할 수 있습니다.

그동안 인식하고 싶지 않아서 피하던 짧은 파장의 신호, 무심코 흘려보낸 신호가 떠오르시나요? 불면증은 나를 괴롭히기 위해 온 고통스러운 증상이 아니라 온전히 내게 집중하고 돌보는

1. 국민건강보험공단 2021년 불면증과 우울증 환자 통계.

시간을 보내자는 의미를 담고 있습니다. 누구에게나 올 수 있는 증상입니다. 다만, 어떻게 증상을 바라보고 반응하는지에 따라 미래의 밤은 달라집니다.

'누구나 불면증으로 고통받을 수 있어. 나라고 예외는 아니지, 이번 기회를 내 몸과 마음을 돌보는 계기로 삼자.'

두 번째, 불면증으로 고통받을 만큼 힘든 몸과 마음을 스스로 공감하고 이해합니다.

다른 사람은 내가 얼마나 힘든 상태인지 공감하고 이해할 수 없습니다. 동일한 경험을 해도 모두가 느끼는 것이 다르고 생각하는 바가 다릅니다. 그러니, 겪어보지 않은 사람에게 원하는 만큼의 이해와 공감을 받는 것은 하늘의 별을 따는 것보다 어렵습니다. 다른 사람의 공감과 이해가 아닌 스스로 내 몸과 마음을 받아들이고 수용합니다. 원망과 자책, 분노가 아닌 불면증이 올만큼 힘든 마음을 충분히 공감합니다.

'그동안 수고 많았어. 많이 지치고 힘들었구나. 다른 사람의 공감과 이해가 아닌 내가 나를 공감하고 이해하자. 애 많이 썼어. 더 이상 애쓰지 않아도 괜찮아.'

세 번째, 상처받은 욕구와 감정을 직면합니다.

상황과 사건은 다르지만 상처받고 채워지지 않은 욕구, 그에 따라 해소되지 않은 감정이 불면증의 핵심 요소입니다. 시간이 약이라는 말을 붙잡아 시간의 힘에 기대지만, 오랜 시간이 지나 가물가물한 기억에도 당시를 떠올리면 손발에 땀이 차고, 심장이 두근거리는 이유는 무엇일까요? 시간은 기억을 옅어지게 하고, 왜곡시키기도 하지만 당시의 감정은 여전히 마음속에 살아 있기 때문입니다. 생각과 달리 해소되지 않은 감정은 오히려 강화될 수 있습니다.

시간은 약이 아닙니다. 잿더미 속의 보이지 않던 작은 불씨가 초가삼간을 태우듯이 증상 뒤에 숨겨진 욕구와 감정이 해소될 때 불면에서 자유로워질 수 있습니다.

네 번째, 통제 가능한 것에 집중합니다.

감정과 욕구를 해소하기 위해 타임머신을 타고 과거로 돌아가서 사건과 상황을 돌이키거나 뜻대로 해결할 수 있을까요? 안타깝지만 상황과 사건 자체를 해결할 수 있는 능력은 아무도 갖고 있지 않습니다.

그렇다면 무엇을 할 수 있을까요?

지난 상황과 사건, 외부 요소와 같은 통제 불가능한 영역에 매달리지 않고 통제 가능한 것에 집중합니다. 특히 불면이 장기화되면 잠, 무기력, 우울, 불안이라는 누구도 통제 불가능한 영역을 통제하고자 집착하면서도 인지하지 못하는 경우가 많습니다. 그로 인해 더 큰 불안과 우울을 느끼고, 불안과 우울은 불면의 밤을 고착시키는 악순환에 빠지게 합니다.

우리가 통제할 수 있는 것은 오직 현재, 지금 이 순간에 존재하는 나 자신 외에는 없습니다. 할 수 없는 것이 아닌 할 수 있는 것에 집중합니다.

다섯 번째, 감정을 온전히 느끼고 받아들이는 만큼 자유로워질 수 있습니다.

불면의 밤을 야기한 사건과 상황은 통제할 수 없지만 내가 느낀 감정은 받아들이고 존중할 수 있습니다.

분노, 화, 무기력, 슬픔, 우울, 외로움, 절망과 공허함 같이 내가 느낀 모든 감정은 정당합니다. 감정을 온전히 느끼고 받아들일 때 증상에서 자유로워질 수 있습니다. 손상 받고 채워지지 않아서 깊이 숨어버린 욕구를 알아차리기는 쉽지 않습니다. 더러는 너무나 생생하고 아프기 때문에 오히려 회피하고 외면하기도 합니다. 쓰라리고 아파서, 압도당할 것 같은 두려움으로부터 도망치고 외면할수록 불면의 늪에서 빠져나오기 어렵습니다.

뜨거운 차 한잔을 마실 때도 조심스럽게, 천천히 한 모금씩 삼키는 것처럼 작은 용기를 내면 좋겠습니다.

기억하고 싶지 않은 말과 사건, 사람, 그때의 나는 어떤 감정을 느꼈나요? 감정 뒤에 숨겨진 욕구는 무엇이었나요? 내 감정을 온전히 느끼고 받아들일 때 자유로의 여정은 시작됩니다.

불면의 밤이 나에게 하고 싶은 이야기를 들어 보기로 했다

누군가는 아무 걱정 없이 쉽게 잠드는데 그 쉬운 잠이 나에게는 왜 이토록 어려운 숙제와 짐이 되었을까요? 대체 왜 잠을 못 자는 걸까요? 저마다 다른 상황과 원인이 있지만 불면이라는 증상을 통해 나에게 진심으로 하고 싶은 이야기가 있다는 사실을 알아야 합니다.

'나는 내 삶을 살고 있을까? 내 삶의 주인이 맞을까?'

어떤 사람에게는 잠 못 드는 밤이나 무기력하고 우울한 일상으로, 어떤 사람에게는 불안과 긴장, 또는 두통과 소화불량, 통증과 같은 다양한 신체적인 불편으로 나타날 수 있습니다. 어떻게 표현될지 알 수 없지만 불면증은 삶의 주인으로 온전히 살지 못할 때, 그 기간이 장기화되었을 때 나타나기 쉽습니다.

첫 번째.

구체적인 계기나 사건으로 잠을 이루지 못할 수 있고, 별다르게 기억되는 일 없이 불면이 찾아올 수도 있지만 외적인 요인을 배제하고 질문해 보도록 합니다.

'나는 내 삶의 주인인가? 내가 생각하는 가치와 기준은 어디에서 왔을까? 나는 무엇을 좋아하고 원하는 사람인가?'

자신의 삶을 산다고 하지만 대부분은 타인의 삶을 삽니다. 이것을 인식하지 못한 채 살고 있을 뿐이지요. 과거의 저 역시 그랬습니다. 열심히 사는 삶에 도취되어 있었고 꽤 괜찮은 사람이라는 오만에 빠져 있었습니다. 안타깝게도 그 당시에는 이 사실을 전혀 알지 못했습니다. 그래서 내가 아닌 타인을 위해 열심을 쏟았고, 이혼이라는 충격에 불면증으로 반응했습니다.

부모님과 선생님, 사회와 주위 사람들의 기준과 기대에 따라 선택된 삶에 줄 맞춰 따라가기 급급했습니다. 그것이 최선이라고 배웠기 때문에 오차와 실수를 줄이고자 최선을 다했습니다. 타인을 위한 삶을 살면서도 기쁜 순간은 물론 있었습니다. 그들의 기준에 맞는 결과와 성취를 이루면 으쓱했고 인정받아서 행복했습니다. 하지만, 그 순간은 찰나에 불과했고 순식간에 사그라들었습니다. 또다시 원하는 인정과 관심의 스포트라이트를 받기 위해서는 다른 노력과 열심을 기울여야 했습니다. 기준은 높았고 버거웠습니다. 지치고 힘들었지만 내색할 수 없었습

니다. 그런 모습은 원하는 모습에 부합하지 않았고 그런 것쯤은
가뿐히 해내는 괜찮은 사람으로 인정받고 싶었습니다.

어떤 학교와 직업, 직장을 원하시나요? 혹은 선택을 앞두고
계신가요? 결혼, 취미, 집과 차, 내가 원하는 내 모습은 어떤 모
습인가요? 스스로 원해서 선택했다고 하지만 다른 사람들에게
인정받고 사랑받기 위한 선택은 아닌가요?

타인이 세워 놓은 가치와 기준을 내 것으로 착각하며 나만의
매트릭스에 갇혀 있지는 않으신가요?

타인의 인정과 사랑을 받지 못하면 존재의 가치와 의미를 느
낄 수 없어서, 더욱 그들에게 인정받고 사랑받기 위해 발휘한
전략에는 어떤 것이 있을까요?

불면증은 내 삶을 돌려주기 위해 온 손님입니다. 불면의 밤이
하는 이야기에 귀 기울여 보세요.

내가 원하고, 우리 모두가 원하는 것은 동일하다

착한 사람이 되고, 좋은 성적을 받고, 이름 대면 알 만한 직장
과 직업을 갖고, 돈과 명예를 얻고, 남들이 부러워하는 자동차
와 집을 소유하고, 배우자와 자녀의 성취를 통해 진심으로 원한

것은 무엇일까요?

우리가 원하는 것은 동일합니다. 세상의 모든 사람들, 갓 태어나 젖을 빠는 갓난아이부터 백발이 성성해 제대로 거동하기 힘든 노인까지 모두 원하는 것입니다. 바로 본연의 나에 대한 순수한 사랑입니다. 동화책의 마법사가 갖고 있는 맑은 수정 구슬을 떠올려 보세요. 투명하고 티 하나 없이 맑은 수정 구슬을 통해 지난 시간과 현재, 미래의 모습이 있는 그대로 보여집니다. 받아들이고 싶지 않고, 기억하고 싶지 않은 모습까지 여과 없이 투영되는 모습을 보며 어떤 생각이 드시나요?

우리 모두는 그렇게 있는 그대로의 모습을 수용받고 사랑받고 싶어 합니다. 그 어떤 모습일지라도 있는 그대로의 나로 사랑받고 싶은 마음은 자라온 환경과 교육, 경험 속에 왜곡되어 빛이 바랬습니다. 자신이 어떤 색상으로 태어났는지 알지 못한 채 원색이 아니라는 사실에만 집중합니다.

파랑이 녹색 빛을 띠고, 녹색에 노란빛이 감돌고, 빨강에 분홍빛이 돌면서 선명함에서 멀어지자 더욱 파랗고, 푸르고, 강렬한 붉은 빛을 원하게 되었습니다. 원하는 바가 클수록 간절함은 더해졌고, 간절할수록 기준에 엄격한 잣대가 가해졌습니다. 원색은 수많은 색상 중 기준 색상으로 자리해 선망의 대상이 되었습니다.

흐려지고 섞이면서, 갖가지 다른 색상을 띄게 된 색상은 심지어 색상표의 기준 색상과 끊임없이 비교하며 자신을 미워하기까지 합니다. 다른 색상을 더하거나 덜어내서 원색이 될 수 있다는, 더 괜찮은 사람으로 보일 수 있다는 착각에 사로잡힌 채 끊임없이 자신을 갉아먹고 있는 사실을 모릅니다. 그릇된 신념과 의지는 그럴싸한 결과물로 나타나기 때문에 더욱더 모두가 비슷한 결과물을 만들어 내는 삶에 열중하게 되었습니다.

졸졸 흐르는 시냇물 빛을 띠는 파란색, 가짓빛을 띠는 파란색, 곧 소나기가 내릴 듯 먹구름이 낀 하늘색, 구름 한 점 없이 맑고 청명한 가을 하늘색처럼 각각의 다양성과 가치는 온데간데없이 사라졌습니다.

선택에 동반하는 두 가지

그럴싸하고 괜찮아 보이는 결과물에 집중한 결과 만족과 기쁨을 얻었습니다. 다만 자신을 잃고도 알지 못한 채 불면의 밤과 씨름하게 되었다는 점만 제외하면 말입니다.

선택에는 선택과 동시에 선택하지 않은 것에 대한 포기가 늘 동반됩니다. 그러니 다른 사람의 삶을 살기로 선택한 순간 본연의 나는 자취를 감춥니다. 무엇을 선택하고 포기했는지는 불면의 밤과 무기력한 일상이라는 신호를 통해 본연의 내가 온 몸으로 호소할 때 비로소 깨달을 수 있습니다.

결과가 만족스럽지 않다면 언제든지 다른 선택을 할 수 있습니다. 미래는 지금 이 순간의 다양한 선택으로 창조하는 시작이며 그에 따르는 열매입니다. 지금은 위기가 아닌 새로운 기회이며 선택의 순간입니다.

"나는 무엇을 선택하고 포기할까요?"

나는 진심으로 불면의 밤에서 벗어나고 싶은 걸까?

"수면제만 끊으면 새로운 인생을 살 수 있을 것 같아요."

"잠만 잘 자면 소원이 없어요."

"제발 도와주세요."

그런데, 이 호소에는 또 다른 말들이 덧붙여집니다.

"운동해야 되는 건 알지만 알다시피 잠을 못 자니 체력이 떨어져서 못 하겠어요."

"정해진 시간에 자리에 눕는 거 잘 알죠. 낮에 누우면 안 되는 것도 알지만 잠을 못 자서 너무 피곤하니 어떡해요. 낮잠이라도 자야 사는데요."

"잠들기 전에는 안 보려고 하는데 스마트폰을 안 보면 불안해서 더 힘들어요."

"감정 일기와 감사 일기요? 이거 작성할 시간에 눈 감고 있는게 덜 피곤한 것 같아요."

수면제 없이는 살 수 없다는 생각에 오랜 기간 수면제의 노예로 살던 당시의 제 모습을 보는 것 같습니다. 말로는 수면제를 먹지 않고 불면증에서 벗어나서 보통 사람처럼 살고 싶다고 하면서도 하지 못할 이유만 찾았습니다. 핑계 없는 무덤은 없는 것처럼 하지 못할 이유는 얼마든지 과거에도 많았고 지금 이 순간에도 많습니다.

진정으로 원하는 것은 무엇인가요? 이상적인 모습이나 다른 사람들이 기대하는 모습이 아닌 진정으로 원하는 내 모습이 무엇인지 생각해 보세요.

진심으로 불면증에서 벗어나고 싶은 사람은 악조건에서도 할 수 있는 것을 찾아서 실행합니다. 현재의 어떤 조건에도 굴복하지 않고 그럼에도 불구하고 할 수 있는 것을 찾아서 행동합니다.

몸은 언제든 움직이고, 움직이게 할 수 있을 것 같지만 몸이 움직이는 때는 따로 있습니다. 입술의 말과 마음의 원함이 일치

할 때 비로소 움직입니다.

충분히 이해하고, 알고 있음에도 몸이 움직이지 않는다면 진정으로 원하는 것이 아닐 수도 있습니다.

어떻게 불면증에서 벗어나고 싶지 않겠냐고 반문할 수 있지만 의외로 꽤 많은 경우가 벗어나고 싶어 하지 않습니다. 불면증이 주는 예상치 않은 이득 때문입니다.

불면증으로 휴직할 수 있고, 가족들의 배려와 관심을 받고, 가족과 가사에 소홀해도 이해받을 수 있습니다. 돈을 벌지 않고 쉬어도 비난하지 않습니다. 학업과 취업, 승진과 인간관계처럼 싫어도 해야 하는 일에서 벗어날 수 있습니다.

불면증으로 고통받고 괴로운 것은 사실이지만 그동안 어쩔 수 없이 의무감으로 하던 일을 눈치 보지 않고 하지 않을 자유가 주어진 것입니다. 불면증 뒤에 얼마든지 숨을 수 있습니다.

모든 것을 빼앗아 간 듯 보이지만 불면증이 모든 것을 빼앗아 가지는 않았습니다. 뺄셈과 덧셈이, 빛과 어둠이 공존하는 것처럼 불면증은 의외의 이득을 주었습니다.

A: 저는 정말 불면증에서 벗어나고 싶어요. 불면증만 없으면 여행도 가고 애들도 돌보고 살림도 할 수 있어요. 시댁 행사에도 참여하고요. 그런데, 계속 잠을 못 자는데 운동을 어떻게 하겠어요? 꼼짝도 못 해요. 숨 쉬고 근근이 사는 게 다행이에요.

B: 불면증만 없으면 이번 시험에 합격할 수 있어요. 꼭 도와주세요. 일단 잠을 자야 집중이 되고 암기도 되잖아요. 그래서 어쩔 수 없이 커피는 마셔야 해요. 카페인이 불면증에 나쁜 건 알지만 커피를 마셔야 정신이 맑아지고 집중이 되거든요. 시험에 합격하면 커피 끊을게요.

말과 행동이 다를 때, 진심은 행동을 통해 알 수 있습니다. 아무리 입술로 '불면증에서 벗어나는 것이 소원'이라고 해도 그와 상반된 행동을 고수한다면 진심이 아닙니다.

A는 불면증에서 벗어나는 것보다 살림을 미룬 채 아이들을 돌보지 않고 시댁 행사에 참여하지 않아도 되는 자유를 선택했고 B는 하루에 두세 잔씩 커피를 마시며 공부했지만 결과적으로 불면증 때문에 열심히 공부해도 성적이 오르지 않아서 불합격했습니다. 반드시 불면증에서 벗어나서 합격하고 싶어 했지만 불면증으로 인한 불합격이었기 때문에 비난받지 않고 이해받을 수 있었습니다. A와 B 모두 불면증만 아니면 살림을 하고 아이들을 돌보며 시험에 합격할 수 있었다고 말하며 불면증 뒤

에 숨기를 선택했습니다.

    불면증 뒤에 숨어서 홀로 누리는 자유는 진정한 자유가 아닙니다. 진정한 자유는 모두 함께 누리고 나눌 수 있습니다.

    진심으로 불면증에서 벗어나고 싶으신가요? 말과 행동이 일치하지 않는다면 어떤 이유 때문일까요? 그동안 방법을 몰라서 불면증에서 벗어나지 못했을까요?

    먼저, 자신에게 정직하세요. 정직할 때 변화할 수 있습니다. 진심으로 정직할 때 불면의 밤이 나에게 찾아온 이유와 무엇을 해야 할지를 깨닫고 실행할 수 있습니다.

삶의 주인 자리를 넘겨줄 때
불면증이 찾아온다

나는 왜 번번이 다른 사람이 결정해 주기를 바랄까?

'면을 먹을까? 밥을 먹을까? 짬뽕 아니면 짜장? 비빔으로 할까 물냉면으로 할까? 흰색이 나을까 검정, 아니 회색이 나을까? 앞머리를 내릴까 말까? 크로스백이 나은가 백팩이 나은가? 번번이 결정하는 게 왜 이리 힘들지? 차라리 누가 대신 결정해 주면 좋겠어.'

어렵고 힘든 결정은 오히려 수월한데 일상의 사소한 결정을 내리는 건 왜 그리 힘들까요?

평소에도 신중한 성격 때문에 중요도가 높지 않은 소소한 일도 A부터 Z까지 살폈습니다. 감정과 이성 사이에서 합리적인 판단을 내리기 위해서는 시간이 조금 더 필요했습니다. 또한, 살짝 까다로워 보이는 외모와 달리 이래도 저래도 별로 개의치 않는 털털함과 타인을 배려하는 마음 때문에 쉽사리 결정하기 어려웠습니다.

　물론, 타고난 성향과 함께 실수를 최소화하고 싶은 완벽주의 성향도 영향을 미쳤습니다. 하지만 보다 근본적인 원인은 따로 있었습니다. 부모님과 선생님, 사회적 기준에 맞는 결정, 곧 다른 사람들이 실망하지 않고 만족할 만한 결정과 제가 원하는 결정 사이에서 길을 잃었기 때문이었습니다. 인정과 관심, 사랑을 채우는 것은 이토록 어려웠습니다.

　　　　　내가 정말 원하는 게 뭔지 모르겠어

　나이가 들면 원하는 바가 명료하고 구체화되는 줄로 생각했지만 현실은 그렇지 않았습니다. 오히려 날이 갈수록 결정하기 어렵고 부담스러웠습니다. 무엇보다 다른 사람들이 원하는 것은 귀신같이 알아차렸지만 제가 원하는 것은 알 수 없었습니다.

　제가 내리는 결정처럼 보였지만 결정의 주체는 실은 제가 아닌 다른 사람이었습니다. 그들이 원하는 색상, 디자인, 맛, 향,

질감, 소리, 장소와 시간처럼 제가 아닌 다른 사람이 원하는 모습으로 사는 삶에 익숙해졌기 때문에 저 역시 타인이 원하는 것을 원한다고 믿었습니다. 하지만, 인식하지 못했을 뿐 내면 깊이에서 숨죽이고 있는 본연의 나는 사라지지 않았습니다. 모습을 감추고 있을 뿐이었습니다.

삶에 큰 변화를 일으키고 책임져야 할 선택에 대한 답은 정해진 수순을 따랐기 때문에 오히려 결정하기가 수월했습니다. 그러나 사소한 일상에서는 사소한 순간이나마 본연의 나로 살고 싶은 근원적인 욕구가 샘솟았습니다. 그래서 짬뽕과 짜장, 우동과 메밀, 비빔과 물냉면 사이에서 그토록 고민하고 고심했습니다.

'이 순간만이라도 내 뜻을 펼쳐볼까? 아니면 다른 사람의 기호에 따를까?'

발성은커녕 제대로 목소리 한번 내지 않다 갑자기 미스터 트롯에 나가서 노래를 부를 수는 없습니다. 이것이 내 뜻인지 저것이 내 뜻인지 도통 알 수 없는 혼란 속에서 결국 평소처럼 제 삶의 주인으로 자리한 다른 사람의 결정을 따랐습니다.

스스로 선택하는 삶이 아닌 선택된 삶을 따를 때 가장 무서운 점은 무엇일까요? 바로 자신의 생각이 감쪽같이 사라지는 겁니다.

첫 번째.

결국에는 생각하는 능력을 상실하게 되지요. 다른 사람들이 원하는 선택으로 그들을 만족시키고 원하는 사랑과 관심을 받는 삶에 익숙해지면, 내 생각은 할 필요가 없습니다. 정해진 범위를 달달 외우면 100점을 맞을 가능성이 많은 암기 과목처럼 원하는 사랑과 관심을 받을 수 있는 범위를 알고 있는데 굳이 시험에 출제되지 않는 범위까지 공부할 사람은 없습니다.

본연의 내가 숨어버리면 자연스럽게 자신의 소중함과 가치는 퇴색하고 빛이 바래게 됩니다. 다른 사람에 대해서는 잘 알면서도 자신에 대해서는 알지 못합니다. 알지 못하니 무엇을 선택할지 모를 수밖에 없습니다. 점점 더 스스로 선택하는 삶이 부담스러워집니다. 자유가 주어져도 자유의 가치를 알지 못한 채 종의 신분으로 살기를 원하는 노예처럼 선택은 자유가 아닌 짐으로 전락합니다.

날이 갈수록 결정은 어려워지고 고유한 의견과 사고는 자취를 감추게 됩니다. 결국 무엇을, 왜 원하는지 알지 못한 채 때로는 자신을 자책하기도 합니다.

자신에 대해 알지 못하고 생각하지 않는 사람이 다른 분야에서 두각을 나타내고 진정한 성취와 성공을 이룰 수 있을까요? 정답에 맞춰 사는 기계 같은 사람, 개인의 고유성이 사라진 정형화된 사람에게서 온전한 성장과 성숙이 나타날 수 있을까요?

생각 습관 이야기

번번이 결정이 힘들고 선택에 대한 후회가 잦다면 삶을 다시 한번 돌아봐야 합니다. 나는 온전히 내 삶의 주인인가요? 내 노력과 열심은 무엇을 위한 것인가요?

우리는 자신에 대한 공부는 하지 않습니다. 어린 시절부터 많은 지식을 쌓지만 정작 평생 사랑하고 돌봐야 하는 나 자신에 대한 공부는 하지 않아서 어처구니없을 정도로 무지합니다. 나에 대한 시험을 본다면 몇 점을 맞을 수 있을까요? 눈에 보이는 지식을 습득하기 위해 많은 시간과 노력을 들이는 것처럼 자신을 알고 공부하는 것에는 꾸준한 노력이 필요합니다. 내가 누구인지, 왜 태어나서 살고 있는지, 무엇을 원하며, 어떤 사람인지는 단번에 알 수 없습니다.

너무 늦은 것 같아서 걱정이 되시나요? 정해진 기한이나 정답이 없기 때문에 마음만 먹으면 언제든지 배울 수 있습니다. 늦은 때란 결코 없습니다. 매일 조금씩 30분 정도만 배려하면 어떨까요? 짤막한 일기를 작성하고 좋아하는 음악을 들으며 스트레칭을 하거나 휴식을 취해도 좋습니다. 유튜브를 보며 드로잉을 시작하거나 간단한 요리를 해볼 수 있습니다. 어릴 때 배우다 그만둔 피아노를 다시 시작할 수도 있고 만화책이나 영화를 보며 취향을 알아갈 수 있습니다. 산책하거나 벤치에 앉아서 지나가는 사람과 자연을 바라봐도 좋습니다. 무엇이든 편안한 상태에서 온전한 나를 경험할 수 있는 시간부터 확보해 보세요.

내 삶의 주인은 대체 누구인가?

'이 정도 스트레스와 상황은 현대인이라면 대부분 겪는 건데 대체 왜 잠을 못 자는 거지?'

'특별히 생각나는 큰 상처나 트라우마도 없는데, 이런 나에게 불면증이라니….'

'이러니저러니 해도 어쨌든 남들은 멀쩡히 잘 자는데 나만 왜 이래?'

'요즘 스트레스 안 받고 사는 사람이 어디 있다고….'

아무리 생각해도 억울할 수 있습니다. 내 삶의 주인으로 살지 못하고 나를 사랑하지 않은 점 역시 수긍할 수 있습니다. 그런데 문득, 문제없이 잠을 잘 자는 사람은 모두 자신을 사랑하는 사람인가? 라는 의구심이 들 수 있습니다. 나처럼 별생각 없이 살아온 사람들 대부분은 불면증으로 고통받지 않는데 대체 왜 나만 유독 이러는지 울컥하고 분노와 속상함이 솟을 수도 있습니다.

다시 한번 곰곰이 생각해 보면 좋겠습니다. 이 정도 스트레스, 나 같은 사람, 남들이라는 기준의 상단에는 무엇이 존재할까요? 역시 내가 아닌 다른 사람입니다.

내 삶의 주인 자리를 다른 사람에게 넘겨준 대가로 찾아온 불면증입니다. 그럼에도 여전히 불면증과 잠, 스트레스까지 다른 사람과 비교하는 내 모습이 존재합니다.

눈, 코, 입, 귀, 키가 사람마다 모두 다른 것처럼 스트레스에 견디고 반응하는 정도와 양상 또한 모두 다릅니다. 같은 식당에서 제공된 상한 음식을 먹고도 누군가는 가벼운 복통을 호소하고, 어떤 사람은 식중독으로 입원 치료를 받고, 소수는 아무 이상 없이 지나가는 것처럼 동일한 자극에 대한 생각과 감정, 몸과 마음의 반응은 단 한 사람도 같을 수 없습니다.

물론, 알고 있는 이론을 내 삶에 적용하기란 쉽지 않습니다. 더군다나 수면은 생존과 직결된 부분이니 더욱 그럴 수밖에 없습니다.

우리의 보이는 외모와 드러나는 성품은 보이지 않는 수많은 요소에 비하면 빙산의 일각이라 할 수 있습니다. 그럼에도 수면 아래 드러나지 않은 빙산 전체의 깊이나 넓이를 알지 못한 채 보이는 것이 전부라고 착각합니다. 보이지 않는다고 존재하지 않는 것이 아닙니다.

첫 번째.

타고난 재능과 성격이 다른 것처럼 마음의 크기나 깊이, 넓이는 모두 다릅니다. 내 삶은 다른 사람의 삶과 동일할 수 없으며 다른 사람과 똑같은 삶을 사는 사람은 단 한 명도 없습니다. 모두의 다름을 인정할 때 비교에서 벗어나게 될 수 있습니다.

보여주기 위한 결과가 아닌 내 삶의 과정을 온전히 존중하기로 했다

불면증은 나를 위협하고 힘들게 하는 걸림돌이 아니라 다른 사람에게 향한 시선과 행동을 나에게 옮겨서 돌보라는 디딤돌입니다.

남의 눈치나 기준이 없다면 정말로 하고 싶은 것은 무엇인가요? 오랜 기간 다른 사람의 모습으로 사는 삶에 익숙해졌기 때문에 반사적으로 튀어 오르는 생각과 반응을 단번에 막거나 통제할 수는 없습니다. 지금부터 삶의 가치와 기준을 하나씩 수정하고 세우면 됩니다.

할 수 없는 것과 이미 지나간 것은 놓아버리고 하고 싶은 것을 선택하세요. 하고 싶은 것을 하기 위해 지금 이 순간 무엇을 할 수 있을지 생각하고 실행하세요. 남의 행복과 직업, 배우자, 자녀, 집, 차, 연봉, 학력, 외모를 비롯한 수면과 건강에 이르기

까지 다른 사람의 기준이 아닌 현재 내 삶에 맞는 가치, 원하는 기준을 세워보세요.

원하는 삶을 살기 위해서 나는 지금 무엇을, 어떻게 할 수 있을까?

걸림돌에 걸려 넘어졌다고 다시 일어서지 못하거나 영영 걷지 못하는 일은 없습니다. 걸림돌로 여기고 주저앉을지, 디딤돌로 삼아 툭툭 털고 일어설지에 대한 모든 선택은 나에게 달려 있습니다.

오래전 '체험 삶의 현장'이라는 프로그램이 있었습니다. 남녀노소를 막론하고 전 국민이 즐겨보는 장수 프로그램 중의 하나이자 전국 방방곡곡을 찾아가 평소에 하지 않던 육체노동을 체험하며 노동의 가치와 의미를 되새겨 보는 프로그램이었습니다. 한 번도 해보지 않은 생소한 일에 도전하며 좌충우돌 실수와 우여곡절 끝에 맡은 일을 완수하는 출연자의 모습에 시청자는 울고 웃으며 감동했습니다.

'체험 삶의 현장'을 보는 시청자가 이 프로그램을 오랜 기간 사랑한 이유는 무엇일까요? 단순히 결과물에 대한 전송이 아닌 도전의 시작부터 마침까지의 전 과정을 공개하며 공감대를 자아냈기 때문입니다.

안타깝지만 우리는 '체험 삶의 현장'처럼 삶의 전 과정을 다른 사람에게 보여줄 수 없습니다. 그래서 눈에 보지 않은 과정을 잊은 채 눈에 보이는 결과 하나로 모든 것을 쉽게 판단하는 실수를 범합니다.

그러나 우리 모두는 매일 '체험 삶의 현장'을 촬영하는 주인공입니다. 내 삶의 수많은 땀방울과 눈물방울 하나하나를 기억할 수 있는 사람은 오직 나 한 사람입니다. 다른 사람을 위한 결과에 집착하며 비교와 평가를 일삼지 말고 내 삶의 과정을 있는 그대로 바라보고 인정해 주세요. 과정 없는 결과는 없습니다. 모든 과정과 결과는 아름답습니다.

존경하는 사람이 있다면 존경하는 사람을 떠올려 보세요. 그 사람을 왜 존경할까요? 결과 자체가 아닌 결과로 나타나기까지의 과정에 대한 인정과 존중이 존경심을 불러일으킵니다. 내 삶의 과정에 대한 온전한 수용과 존중은 길게 드리워진 불면의 그림자를 짧아지게 할 수 있습니다.

불안이라는
불면 보조제

잠에 대한 집착과 불안에서 벗어나기로 했다

지금 어디에서, 무엇을 하고 계신가요? 직장과 학교로 가는 혼잡한 버스와 지하철에서 간신히 버티고 계신가요? 매일 쳇바퀴처럼 반복해도 티 안 나는 집안 살림을 하고 아이를 돌보느라 정신없으신가요? 무기력과 피곤함에 옴짝달싹하지 못한 채 침대와 한 몸으로 계신가요?

언젠가는 지금보다, 오늘보다 여유롭고 자유로운 날이 올 거라 믿으며 하루하루 버티며 사는 것이 우리의 삶입니다. 피곤하고 정신없고 고통스럽고 짜증 나는 순간에도 결국 쨍하고 볕들

날을 기대하며 희망을 품고 삽니다. 그래서 모든 상황과 여건이 주어지기를 고대합니다. 바라는 것이 이루어지는 그날을 꿈꾸고 소망합니다.

기다리고 기다리던 그날이 드디어 왔습니다. 원하던 집과 차, 꿈에 그리던 직업, 사회적 지위와 명성, 사람들의 인정을 얻게 되었습니다. 이런 날이 오다니 정녕 꿈만 같습니다. 한 가지만 제외하면 말이지요.

'잠이 오지 않아. 어떡하지?'

바라던 것을 얻었지만 쳇바퀴를 돌리는 다람쥐처럼 잠이라는 굴레에 갇히게 되었습니다. 불면은 불안을, 불안은 집착과 절망을, 집착과 절망은 더 큰 불면과 무기력을 갖고 옵니다. 마치 끝없이 돌고 도는 뫼비우스의 띠 안에 갇힌 것만 같습니다.

물론, 더 이상 잠에 집착하지 말자고 매일 밤 마음을 다잡습니다.

'오늘 밤부터는 절대로 잠에 대해 생각하거나 집착하지 말아야지.'

잠에 집착하지 않기로 결심한다고 집착하지 않을 수 있을까요? 생각하지 않고 집착하지 않겠다는 굳은 결심과 달리 불안은 더욱 선명해집니다. "뱀을 생각하지 마세요."라는 문장을 듣는 순간 머릿속에 바로 떠오르는 것은 무엇인가요? 신기하게도 바로 방금 전까지 생각하지 않던 뱀이 순식간에 떠올라 머릿속에 똬리를 틉니다. 생각하지 않으려고 하면 더욱 생각나고 집착하는 것이 뇌의 특성입니다.

어떻게 하면 잠에 대한 집착과 불안의 악순환에서 벗어날 수 있을까요?

첫 번째, 불안에 대한 감정을 인정하고 불안 뒤에 숨겨진 욕구를 마주합니다

불안은 피하거나 외면할수록 더욱 커집니다. 불안한 감정을 피하지 말고 충분히 인정하고 공감합니다.

'잠만 자면 소원이 없어… 그래, 그동안 잠을 못 잤으니 불안한 건 당연해.'

다른 사람의 이해와 공감을 받으려고 애쓰지 말고 매일 밤 힘겨운 싸움을 하는 자신을 다독이며 불안한 마음을 인정합니다.

'하루만 못 자도 힘들고 무기력한데 매일 잠들기 어렵고 자꾸 깨니까 불안하고 무섭지. 이상하고 예민한 게 아니라 이런 상황이면 누구나 불안해. 나 정말 고생 많아. 그래도 잘 견디고 있어.'

불안은 느끼지 말아야 하거나 느끼면 안 되는 감정이 아닙니다. 그만큼 불안의 원인이 나에게 중요하다는 의미입니다. 무가치하고 불필요한 것에는 불안을 느끼지 않습니다. 잠을 못 자는 상태에서 불안이 올라오는 것은 지극히 자연스럽습니다. 긍정적인 감정이나 부정적인 감정이라는 이분법적인 잣대로 불안을 판단하지 말고 하나의 감정 자체로 받아들입니다.

'나는 잠을 못 자서 불안해. 불안은 부정적이고 불필요한 감정이 아니야.'

불면으로 인한 불안은 생존과 직결되어 표면적으로는 잠과 휴식, 건강이 중요하다는 의미지만 또 다른 여러 의미를 내포하고 있습니다. 숙면은 삶의 전반에 지대한 영향을 미치기 때문입니다. 성장과 성취, 협력과 성실, 기여와 보람, 인정, 사랑과 관심, 공감과 이해, 배려, 존중, 자유와 즐거움 같은 의외의 것에서 시작한 불안일 수 있습니다. 잠에서 살짝 물러나 거리를 두고 살펴보세요. 잠을 자지 못해서 불편을 느끼거나 하지 못하는 것은 무엇인가요? 나에게는 그것이 왜 중요할까요?

불안은 진정으로 필요한 것을 알려주는 신호입니다. 불안 자체를 두려워하지 말고 온전히 받아들이세요.

두 번째, 평가가 아닌 객관적인 사실만 받아들입니다

불안에 대한 감정을 인정해도 결국은 집착하게 되는 이유는 무엇일까요? 불면과 불안에 대해 평가하고 분석하기 때문입니다. 잠이 오지 않는 이유는 알 수도 있고, 모를 수도 있습니다.

원인을 알면 상황을 폭넓게 이해할 수 있지만 원인 자체가 불면을 해결하지는 않습니다. 평가는 더더욱 필요치 않습니다.

'그때 그 사건만 아니었다면, 그러지 말걸, 그 인간 때문에, 하필이면 거기 있는 바람에….'

과거를 아무리 곱씹고 분석해도 동일한 결과에 이릅니다. 바로 자신에 대한 자책입니다.

'내가 거기 있지 않았어야 했는데, 그날 나가지 말아야 했어, 그 말 하지 말 걸….'

평가로 바뀌는 것은 아무것도 없습니다. 평가는 더 큰 불안과 두려움을 몰고 와서 무기력하게 합니다. 무기력한 상태에서는 아무것도 해결할 수 없습니다. 인과관계는 중요하지 않습니다. 불안과 불면이라는 사실 자체만 담백하게 받아들이세요.

불면증은 예기치 않게 발생한 교통사고와 다를 바 없습니다. 정지 신호에 대기하고 있는데 다른 차가 내 차를 들이받는 사고가 일어났다면 나는 사고 발생에 어떤 요인을 제공했을까요?

그 순간 그 차와 가까이 있어서? 대중교통이 아닌 자가용을 이용해서? 혹은 운전을 배웠기 때문일까요?

첫 번째.

어떤 것도 사고에 직접적으로 미친 영향은 없습니다. 세부적인 요소를 하나하나 따져도 결정적으로 사고에 기여한 요소는 없습니다. 또한 의도적으로 사고를 내려고 한 운전자는 없습니다.

예상치 않은 교통사고가 발생한 것처럼 불면증 역시 이처럼 받아들일 필요가 있습니다. 의도적으로 불면의 상황을 만들고자 한 사람은 없습니다. 누구나 평생 한 번쯤 불면증으로 고생할 수 있습니다. 안타깝지만 그 한 번이 지금 찾아온 것뿐입니다.

국민건강관리공단에 따르면 우리나라 국민의 1/3이 불면증을 호소한다고 보는데 그중에서 5% 정도만 치료받는다고 합니다. 세 사람이 모이면 그중에 한 명은 불면증인 상황입니다. 교통사고, 소매치기, 보이스 피싱, 당뇨, 암, 치매처럼 겪고 싶지 않지만 어쩔 수 없이 발생한 하나의 사실로 담백하게 받아들일 때 할 수 있는 것을 인식할 수 있습니다.

세 번째, 잠이 아닌 나에게 있는 것에 집중합니다.

불안은 집착에서 야기됩니다. 집착은 갖고 있지 않은 것을 원할 때 생깁니다. 우리는 갖고 있는 것은 원하지 않습니다. 없기 때문에 원하고 갈구합니다. 원하는 마음이 지나쳐 갈망이 되면 집착이 올라옵니다. 물과 식량이 다 떨어진 조난선에서 바닷물을 마시면 죽는다는 사실을 알면서도 바닷물을 마시거나 바다에 뛰어드는 것처럼 없는 것에 대한 욕망은 자신을 집어삼킵니다.

조난선에서 어떻게 하면 물을 마실 수 있을까요? 구조되면 됩니다. 빨리 구조될수록 더 빨리 물을 마실 수 있습니다. 다른 것보다도 구조될 방법을 찾고 실행해야 합니다. 그러나 갖고 있지 않은 것에 대한 욕망에 사로잡히면 '구조되면 물을 마실 수 있다는 사실'을 망각합니다. 오직 눈앞에 보이는 바닷물에 사로잡혀 결국 죽음을 맞이하게 됩니다.

집착 상태에서는 어떠한 해결 방법도 나오지 않습니다. 잠을 원할수록 잠은 멀어집니다. 잠 외에 나에게 있는 것을 찾아보세요. 잠이 아닌 이미 있는 것에 집중할 때 집착으로부터 물러설 수 있습니다. 비록 잠은 아니지만 나에게는 무엇이 있나요? 그 것은 나에게 어떤 의미와 가치가 있을까요?

네 번째, 할 수 없는 부분을 인정합니다.

잠에 대한 집착과 불안이 쉽게 누그러지지 않는 것은 당연합니다. 기본적인 생존 욕구가 위협받는 상황에서 어떻게 불안과 공포가 쉽게 가라앉을 수 있을까요? 불면증으로 고통받는 사람이 겪는 불안과 공포는 실로 상상을 초월합니다.

눈에 보이는 것, 통제 가능한 것에 대한 욕구를 채우는 것은 한결 수월합니다. 극단적으로 빼앗고, 훔쳐서라도 가질 수 있습니다. 하지만 잠은 그렇게 할 수 없다는 점에서 깊은 좌절과 공포를 일으킵니다.

역사상 가장 넓은 제국을 건설한 칭기즈칸도 통제할 수 없고, 그 누구도 통제할 수 없는 것이 잠입니다. 잠이라는 통제 불가능한 영역을 통제하려고 하기 때문에 불안과 집착은 커질 수밖에 없습니다. 매일 꿀 같은 단잠을 자는 사람도 마음대로 잠이 오거나 오지 않게 할 수 없습니다. 아무도 통제할 수 없는 영역을 통제하려는 시도 자체가 어불성설입니다. 나 자신뿐만 아니라 그 누구도 통제가 불가능한 영역이라는 사실을 기억하세요. 불가능에 집중하며 저항하는 것은 스스로를 파멸로 이끌며, 악순환의 굴레에서 벗어나지 않겠다는 결심과 다를 바 없습니다.

'아무도 잠을 통제할 수 없어. 할 수 없는 부분은 내려놓자. 애쓴다고 해도 반드시 원하는 결과가 나올 수는 없어.'

노력해도 여전히 잠이 오지 않을 수 있습니다. 노력이 곧 잠이라는 공식은 안타깝지만 성립하지 않습니다. 노력하지만 결과를 붙잡지 마세요. 결과는 내 몫이 아닙니다. 수능시험처럼,

입사시험처럼 내 몫은 오직 노력하는 과정에 있습니다. 어떠한 결과가 나와도 순순히 받아들이는 사람이 더 큰 성취, 원하는 결실을 얻는 것처럼 지금 당장 원하는 결과가 나오지 않음을 받아들여야 합니다. 하지만 쌓인 노력은 결코 헛되지 않습니다.

다섯 번째, 할 수 없는 것이 아닌 할 수 있는 것에 집중합니다.

"잠이 오지 않고 무기력한 이 상황에서 나는 무엇을, 어떻게 할 수 있을까?"

하늘이 무너져도 솟아날 구멍이 있다는 말처럼 아무것도 할 수 없을 것 같은 상황에도 분명히 할 수 있는 것 한두 가지는 있습니다. 그동안 획기적이고 특별한 방법이 아니라는 이유, 누구나 알고 있다는 사실로 하지 않을 핑계를 대지는 않으셨나요?

그 무엇도 잠 자체를 갖고 올 수는 없지만, 잠이 오기 좋은 환경을 만드는 방법은 다양합니다.

잠자리에 눕기 전 가벼운 스트레칭 하기
잠자리에 들기 전 따뜻한 물로 샤워하기
청결하고 편안한 침구와 잠옷 준비하기

첫 번째.

침실의 적정한 온, 습도 유지하기

침실 조명으로 직접 조명이 아닌 간접 조명 활용하기

감정 일기와 감사 일기 작성하기

매일 햇빛 쬐고 산책하고 운동하기

직, 간접적으로 사람들과 소통하기

취침 3~4시간 전에 빠르게 걷거나 달리기

일정한 시간에 취침하고 기상하기

기상 후 피곤해도 바로 일어나서 햇빛 쬐기

잠들기 3~4시간 전까지 저녁 식사 마치기

스마트폰과 노트북은 잠들기 1~2시간 전 까지만 사용하기

카페인이 함유된 제품은 먹지 않고 부득이한 경우 취침 6~8시간 전까지 섭취하기

낮잠 자지 않기 / 술, 담배 하지 않기

잠이 오지 않거나 잠이 오지 않아서 불안할 때 할 수 있는 방법도 의외로 많습니다.

침대에서 일어나 소파 혹은 다른 방으로 이동하기(잠자리에 변화를 주고 침대는 자는 곳이라는 사실을 인식시키는 방법)

심호흡하기 / 명상하기

생각 습관 이야기

근육 이완에 도움 되는 가벼운 마사지나 온찜질하기

마음을 이완시켜 주는 음악이나 잔잔한 목소리가 나오는 라디오 듣기

시계 보지 않기

스마트 폰과 티비 같은 디지털 기기 보지 않기

잠이 오지 않아서 불안한 마음과 생각을 수첩에 간단히 작성하기

글씨가 많은 지루한 책 읽기

공복감이 드는 경우 가벼운 죽 또는 두유, 바나나 같은 간식 먹기

위의 예시 중에서 무엇을 할 수 있을까요? 자신만의 방법을 찾아보세요. 수면제처럼 즉각적인 효과가 나타나지 않기 때문에 사실 몇 번의 시도로 도움받기 어려운 것은 사실입니다. 하지만 기억하세요. 불면증은 생각 습관, 행동 습관 그리고 감정 습관에 크게 좌우됩니다. 효과가 나타나지 않는다고 실망하거나 포기하지 말고 꾸준히 다양한 시도를 하면서 나만의 숙면 습관을 만들어보세요.

통제할 수 없는 것을 바라보면 집중 대신 집착하게 됩니다. 작고 일상적이지만 통제할 수 있는 것을 바라볼 때 집중할 수 있습니다.

첫 번째.

즉각적인 불안 완화에 도움을 주는 안심 보드를 만들었다

불안만큼 삶을 좀먹는 감정이 있을까요? 불안은 스트레스를 일으키고 질병이라는 모습으로 자신의 존재를 드러내며, 이성과 감성을 마비시키고 파괴합니다. 한마디로 아무것도 하지 못하게 합니다. 심화되는 불안은 불면과 우울을 넘어서 죽음으로 몰고 가기도 합니다.

특히 불면으로 고통받는 경우 잠 자체보다 불안으로 심화되는 불면과 불안의 악순환이 더 큰 고통입니다.

'누운 지 벌써 한 시간이나 됐네?'

'잠이 하나도 안 오잖아? 밤새는 거 아니야? 오늘은 대체 왜 못 자는 거야….'

'내일 일정은 어떻게 하지? 잠 못 자면 피곤해서 얼굴도 푸석하고 머리도 멍한데, 중요한 미팅인데 어떡해. 망했다, 망했어….'

불안의 소용돌이에서 불안과 불면의 원인을 규명하는 것은 무의미합니다. 당장 소용돌이에서 빠져나갈 방법을 찾는 것이 우선입니다.

오직 현재의 이 순간, 할 수 있는 것에 집중해서 실행할 때 불안의 소용돌이에서 벗어날 수 있습니다. 하지만, 아무것도 하지 못하게 몸과 마음을 마비시키는 불안의 특성상 현재에 집중해서 실행하기란 쉽지 않습니다. 무엇을, 어떻게 해야 하는지 전혀 생각나지 않기 때문입니다.

이제, 불안한 상황에서 빛을 발하는 안심 보드를 만들어 보도록 합니다. 불안에 사로잡히면 아무것도 할 수 없기 때문에 여유롭고 안정적인 상태에서 안심 보드를 만듭니다. 불안을 완화하는 세부적인 방법은 사람마다 차이가 있기 때문에 (다음 페이지에 나오는 '이웃의 안심 보드는?'을 읽어보고) 여러 가지 방법을 참고해서 작성합니다.

예를 들어, 반려견이나 반려묘를 키우는 경우 불안이 몰려올 때 반려견과 반려묘를 바라보거나 안고 있으면 완화되기도 하고, 의외로 수학 문제를 풀거나 영어 단어를 외우면 불안이 감소한다고 하는 경우도 있습니다. 그림을 그리거나 자수를 놓거나 달리기와 같은 운동을 하고 따뜻한 물로 샤워를 하면 누그러지기도 합니다. 각자의 환경과 특성, 기호를 고려해 자신만의 안심 보드를 작성합니다.

근사하고 멋있게 만들 필요는 없습니다. 포스트잇에 손으로 작성하거나 프린트로 출력해서 책상이나 침대 위처럼 눈에 잘 띄는 곳에 붙여 놓습니다. 불안이 몰려오면 안심 보드를 보고 바로 실행합니다.

첫 번째,

마비된 몸과 마음을 일으켜 실행하는 것이 관건이기 때문에 눈에 잘 띄는 곳에 붙여 놓고 평소에도 수시로 보면서 무의식에 각인합니다. 안심 보드는 불안에 짓눌리지 않고 현실에 집중하며 실행을 통해 직접적인 이완을 돕는 효과적인 도구입니다.

잠들기 전 불안이 몰려오는 경우 이렇게 안심 보드를 만들 수 있습니다.

1. 불안 완화에 도움이 되는 음악을 튼다. − 수면 음악, 클래식, 자연의 소리처럼 몸과 마음이 편안해지는 음악을 모은 플레이 리스트를 평소에 만들거나 저장해 놓았다 튼다.

2. 심호흡한다. − 호흡을 깊이 들이마시고 천천히 내쉬기를 10번 이상 반복합니다.

3. 불안한 공간에서 잠시 벗어난다. − 만약 침실 혹은 침대에서 심하게 불안을 느끼는 경우 잠시 거실에 나갔다 오거나 소파에 앉아서 공간과 불안을 분리합니다.

이웃의 안심 보드는?

완벽주의에 업무 스트레스가 많아서 불면증에 시달린 회사원 A

1. 침대에서 일어나 책상으로 간다.

2. 계곡 물소리를 듣는다.

3. 종이로 된 만화책을 20분 동안 본다.

불안과 불면증으로 고생한 주부 B

1. 침대에서 일어나 거실로 간다.

2. 요가 매트를 편다.

3. 매트 위에서 심호흡을 10번 한다.

4. 불안과 나는 다른 존재라는 사실을 인식하고 이완과 휴식, 편안 함을 누렸던 때를 생각하며 잠시 눈을 감고 명상한다.

우울과 불면증으로 힘들어 한 대학생 C

1. 불안을 느낀 공간에서 벗어난다.

2. 공간 이동 후 좋아하는 음악을 튼다.

3. 낮에는 밖에 나가서 산책하고, 저녁에는 실내 자전거를 타고, 밤 에는 코바늘 뜨기를 한다.

안심 보드는 불면 외에 회사, 학교, 가족이라는 상황 별로 다르게 만들어서 활용할 수 있습니다.

안심 보드의 목적은 즉각적인 해결이 아닙니다. 현재에 집중해 불안과 나 자신을 분리하고 불안의 자리에 이완을 자리하게 하는 것입니다. 불안만 취사선택해서 내쫓는 방법은 없습니다.

습관적으로 자리한 불안의 자리에 서서히 이완의 자리를 확보하고 확보된 이완의 영역이 넓어지면 원하는 수면, 편안하고 안심할 수 있는 일상을 맞이할 수 있습니다.

불안해서 아무것도 할 수 없다면 지금 바로 안심 보드부터 만드세요.

두려움은 어디에서 오는 걸까?

언제 웃었는지 기억나지 않았다. 어린이날과 어버이날에 억지로라도 웃어야 할 것 같아서 어색하게 웃은 것 외에는 짜증과 분노만 남아있는 얼굴이었다.

정말 웃고 싶었지만 웃음이 나오지 않았다. 평안하고 즐겁게 마음껏 웃을 수 있는 날을 기다렸고 더 크게 웃으리라 기대했는데 오히려 남아있던 웃음 한 조각까지 사라져 버렸다.

대체 언제 난 웃을 수 있을까? 정말 웃고 싶었다.

웃고 싶으면 웃으면 되잖아!

간절히 웃고 싶으면 지금 바로 웃으면 되는데 어이없게도 웃을 수 있는 완벽한 상황만 기다렸다.

완벽한 조건, 내가 원하는 조건 아래에서의 웃음이 아니라 웃어서 행복을 만들기로 했다.

행복이 나를 선택하지 않아도 웃음은 내가 선택할 수 있다. 억지웃음이라고 웃음이 아닌 것은 아니니까.

《나는 수면제를 끊었습니다》, 165~166쪽

행복하기 때문에 웃으시나요? 웃기 때문에 행복하신가요? 부끄럽지만 예전에는 행복할 수 있는 조건이 갖춰져야 웃을 수 있다고 생각했습니다. 기쁠 수 있는 조건, 만족할 수 있는 여건, 즐거울 수 있는 환경이 되어야 그런 감정을 느낄 수 있다고 여겼습니다.

혼자 힘으로는 할 수 있는 것들이 많지 않아서 부모가 해주기를 바라며 떼쓰고 투정 부리는 어린아이처럼 제가 원하는 것이 채워졌을 때만 행복을 느꼈습니다. 그래서 정작 저 자신은 아무것도 하지 않은 채 행복을 기다렸습니다. 어린아이도 아닌데 말이지요.

더 오래 기다린다고 해서 주어지는 행복이 아니었음에도 하염없이 기다렸습니다. 아직 때가 오지 않은 것이라 위로하며 인내했습니다. 그러다 한계에 봉착하면 인내하며 기다린 제가 어찌나 가엽고 안쓰러웠는지 모릅니다. 억울함도 올라왔습니다. 세상에 저보다 불쌍한 사람은 없는 것 같았습니다.

'열심히 참고 기다린 결과가 고작 이거라니!'

사과를 먹으려면 하다못해 사과나무 아래까지 가서, 사과를 따기 위해 나무를 흔들거나 올라가서 따야 합니다. 하지만 저는 누군가 저를 위해 바로 딴 사과를 깨끗이 씻어서 쟁반에 갖다주기를 바랐고, 그러면 행복하고 기쁘다고 생각했습니다. 어린아이가 아님에도 행복을 위한 조건에 집착했고 뜻대로 되지 않은 현실을 원망했습니다.

행복과 기쁨, 감사와 즐거움, 불행과 슬픔에 관한 모든 선택권은 오롯이 내게 있음에도 수동적 삶에 익숙해진 나머지 선택권이 있다는 사실 자체를 망각했습니다.

두려움은 나 자신에 대한 부족한 믿음에서 온다

고통과 고난은 우리 모두에게 주어집니다. 물론, 동일한 모습으로 오지 않습니다. 그래서 다른 사람의 고통과 고난은 작고 견딜 만해 보입니다. 모두가 다르기 때문에 다른 고난이 온다는 사실은 망각합니다.

한 가지 사실을 기억하세요. 피할 수 없고 견딜 수 없는 역경은 누구에게나, 빠짐없이 찾아옵니다. 세계 최고의 권력자나 오지의 부족민을 비롯해 누구도 비껴갈 수 없습니다. 언제, 왜, 어떤 일이 일어날지는 아무도 모릅니다.

오랜 기간 원치 않는 감정, 특히 불안과 두려움이 엄습하면 누구나 무기력해집니다. 두려움은 모든 감정 중에서 가장 파괴적인 감정입니다. 또한 그 자체로 무엇과도 비할 수 없는 강한 권력이자 힘입니다. 두려움을 느끼는 순간 평소에 느끼던 소소하고 아름다운, 활기찬 감정은 빛을 잃습니다. 작은 두려움을 살짝 굴리면 순식간에 공포라는 이름으로 세력을 확장합니다. 사랑, 기쁨, 감사, 환희, 감동, 감탄, 즐거움, 만족, 친근함, 정겨움, 충만함과 여유로운 감정은 공포에 잠식됩니다. 두려움은 생각과 감정, 신체의 모든 기능을 마비시키고 무력화한 후 통제력을 빼앗습니다. 두려움에 굴복하게 만드는 것이 두려움의 목적입니다.

언제 수면제를 끊고 사람답게 살 수 있을지 알지 못해서 무섭고 두려웠습니다. 매일 불안과의 싸움이었습니다. 아무것도 알 수 없었고, 통제할 수 있는 것 또한 아무것도 없었기 때문에 두려움과 무기력에 짓눌려 있었습니다.

'이런 상황에서 두렵지 않은 사람이 있을까?'

상황 때문에 두려울 수밖에 없다고 생각했지만 실은 자신에 대한 믿음이 부족했기 때문이었습니다. 노력과 달리 뜻대로 되지 않은 과거, 아무것도 하지 못한 채 기어다니는 현재의 제 모습, 그래서 앞으로도 동일한 삶을 이어갈 것만 같은 미래에 대한 불안, 도저히 용납할 수 없는 제 모습에 화가 났고 분노했습니다. 저에 대한 미움과 불신이 두려움을 만들었습니다. 저를 원망하고 미워할수록 두려움은 세력을 넓혔습니다.

두려운 상황, 피할 수 없는 고난과 역경 자체는 문제가 아닙니다. 상황과 사건 자체를 통제할 방법도 없습니다. 하지만, 고난을 어떻게 대하고 받아들일지는 얼마든지 선택할 수 있습니다. 그 선택에 따라 인생은 전혀 다른 방향으로 펼쳐집니다.

두려움을 극복할 수 있는 유일한 해결책은 딱 한 가지입니다. 바로 자신에 대한 믿음입니다. 매일 잠에 대한 불안과 집착을 떨쳐내지 못하고 변변히 해낸 것 없는 나를 어떻게 믿을 수 있을까요? 부족하고 초라한 내 모습에 한숨부터 나오시나요?

나를 믿기 위해서는 먼저 자신에 대한 사랑을 회복해야 합니다. 그런데, 불신하던 사람을 갑자기 믿고 사랑할 수 있을까요? 스스로에 대한 오랜 불신을 깨뜨리고 사랑을 회복하기 위해서는 내가 어떤 사람인지 알 필요가 있습니다.

우리는 알지 못하는 것에 대해서는 일단 저항하고 의심합니다. 정확히 알지 못한 채 덥석 믿으면 생존에 위협을 받을 수 있기 때문입니다. 이처럼 불안과 두려움은 나를 보호하기 위한 역할을 담당합니다. 결코 쓸모없거나 불필요한 감정이 아닙니다. 하지만, 그 감정 자체에 사로잡히면 나를 보호하기 위한 순기능을 멈추고 역기능을 발휘합니다. 자신을 의심하고 부정하며 저항합니다. 어느덧 보호에서 파괴로 접어들어도 인식하지 못합니다.

두려움이 정상적인 기능을 회복하기 위해서는 무엇보다 나를 알고 사랑하고 믿어야 합니다. 자신을 진심으로 사랑할 때 가장 강력하고 파괴적인 감정을 온전히 다스릴 수 있는 힘이 주어집니다. 삶의 주인으로 살기 위해 필요한 것은 사랑입니다. 두려움을 다스리는 자가 다스리지 못할 것은 아무것도 없습니다.

두려움은 극복 대상이 아닙니다. 단지 두려움이라는 눈덩이에 몰입해서 과도하게 굴린 것뿐입니다. 만약 눈덩이가 너무 커져서 움직일 수 없다 해도 걱정하지 마세요. 방법은 찾으면 됩니다. 눈덩이를 눈사람의 몸통 부위로 사용할 수도 있고, 겨우내 녹게 그대로 내버려 둘 수도 있습니다. 발로 차서 부서뜨리거나 더운물을 부어서 순식간에 사라지게 할 수도 있습니다.

몰두했던 시선의 방향을 살짝 돌려보세요. 두려움에 몰입한다는 것은 나에게 유익이 되는 다른 것에 몰입할 수 있다는 반가운 증거입니다. 언제, 어떤 상황에서도 우리는 모든 것을 선택하고 책임질 수 있습니다. 스스로 선택하고 책임지는 삶을 살 때 두려움은 본연의 순기능을 되찾을 수 있습니다. 그 열쇠는 항상 나 자신에게 있음을 기억하세요.

첫 번째,

악순환의 고리를
끊기로 했다

궁지에 몰린 나는 도박과도 같은 선택을 했다

수면제를 끊기 시작해서 온갖 신체적, 정서적 금단증상에 시달리던 저는 누가 봐도 아무것도 할 수 없는 상태였습니다. 금단증상의 고통과 함께 9개월 가까이 거의 잠을 자지 못했으니 살아 있는 게 기적이었습니다. 먹지 못하고 자지 못해서 몸무게가 7~8킬로그램 정도 빠졌고, 집에서도 벌레처럼 기어다녔으며, 팔다리를 움직여서 옷을 자유롭게 입고 벗거나, 젓가락질하고 세수하는 평범한 일상생활이 불가능했습니다. 오랜 기간이 지나도 좀처럼 호전되는 기미가 보이지 않자 절망의 소용돌이

속에 손가락 하나 까딱할 에너지가 남아있지 않았습니다. 극도의 불안과 두려움 속에 한 번도 겪어보지 못한 과호흡과 호흡곤란이 발생했고 얼마 지나지 않아 공황장애라는 사실을 알게 되었습니다.

물 한 모금 넘길 때마다 숨이 막혀서 죽을 것만 같았고, 음식을 삼키면 그대로 멈춰버릴 것 같은 호흡 때문에 한 입 꿀떡 삼키는 일상적이고 자연스러운 행동이 어떠한 극형보다 끔찍한 고문으로 느껴졌습니다. 나날이 음식을 삼키고 물을 마시기 힘들어지면서 가뭄에 드러나는 논바닥처럼 체력은 완전히 바닥났습니다. 이런 상황이니 누가 봐도 아무것도 할 수 없는 게 당연했습니다. 오히려 뭔가 한다고 나서거나 할 수 있다고 이야기하는 것이 비정상으로 여겨질 정도였습니다.

하지만, 어떤 순간에도 할 수 있는 것은 분명히 있었습니다. 지극히 사소하고 일상적이기 때문에 의미와 가치를 부여하지 않았고, 무엇보다 이런 상황에서는 아무것도 할 수 없다는 패배의식에 사로잡혀서 미리 포기하고 찾지 않은 것이 문제였습니다.

할 수 없는 상황이라는 자포자기와 패배의식 속에 죽을 것 같은 실체 없는 두려움을 만든 것은 다름 아닌 저 자신이었습니다. 공황장애나 불면증, 수면제 금단증상이라는 외부의 상황이 두려움을 몰고 온 것이 아니라 그 상황에서 두려움을 선택한 제가 원인이었습니다.

가쁜 호흡으로 죽음의 공포에 떨던 어느 날, 아무리 숨을 잘 쉬려고 애를 써도 점점 더 차오르는 호흡 때문에 그림자마저 숨구멍을 짓누르는 것 같았습니다. 한없이 무기력한 가운데 흐르는 눈물에도 공포가 밀려왔습니다.

'눈물 때문에 숨이 막히면 어떡하지?'

숨이 막힐 것 같아서 제대로 울 수조차 없는 기막힌 상황을 누가 이해할 수 있을까요? 극도의 공포 속에 흐르는 눈물을 꾹꾹 씹어 삼키며 멍하니 누워있다 번뜩 스치는 생각이 있었습니다.

'숨을 잘 쉬려고 애쓴다고 나아지는 건 하나도 없어. 그렇다면 대체 뭘 할 수 있지? 평생 이렇게 살 수는 없어….'

남아있는 방법, 해보지 않은 유일한 방법은 두려움에 대한 직면이었습니다.

'차라리 참을 수 있는 만큼 최대한 숨을 참아보자.'

숨을 참는다고 당장 죽음에 이르지는 않지만, 호흡이 곤란한 상태에서 제대로 쉬어지지 않는 숨을 참는 것에는 크나큰 용기와 결단이 필요했습니다. 풍선이 된 듯 얼굴과 가슴을 팽창시키며 최대한 숨을 크게 들이마신 후 손가락과 발가락 끝의 모세혈

관이 터져버릴 것 같은 느낌이 들 때까지 숨을 참았습니다. 콜록콜록 연거푸 기침을 쏟았습니다. 눈에서는 눈물이 용암처럼 솟구쳤고 새빨갛게 달아오른 얼굴과 함께 깊고도 얕은 숨을 거칠게 내쉬었지만 죽지 않았습니다. 죽지 않으려고 발버둥 칠 때는 먹이를 쫓는 치타의 발걸음처럼 맹렬한 속도로 가빠지던 호흡이 잠시나마 안정을 찾았고 길게 드리웠던 죽음의 그림자도 짧아진 것 같았습니다.

그때 두려움은 외부에서 오는 것이 아니라 스스로 만든다는 사실을 깨달았습니다. 공황장애 자체는 어떻게 할 수 없었지만 그로 인한 죽을 것 같은 두려움은 스스로 선택하여 견고히 쌓고 있었습니다.

두려움의 종착역

몸과 마음이 유리처럼 약했기 때문에 작은 자극에도 빠르고 과하게 반응했습니다. 행복과 기쁨과 같은 긍정적인 감정에 크게 반응하는 만큼 불행과 공포 같은 부정적인 감정에도 재빠르게 반응했습니다. 연약함은 결함이 아니었지만 연약함을 인정하고 싶지 않았습니다. 강하고 완전하고 싶었습니다. 강함과 완벽함을 갈망할수록 연약함은 장애이자 없애야 할 것으로 전락

했습니다. 벗어나고 없애 버리고 싶었지만, 어떻게 벗어날 수 있을지를 생각하기 전에 두려움이 먼저 연약함을 잠식했습니다. 통제력은 상실되었고 몸과 마음의 기능은 마비됐습니다. 마비된 몸과 마음에 두려움의 세력은 더욱 커졌고 이기적인 보호 본능만 앞섰습니다. 저 외에 다른 사람은 보이지 않았습니다. 이기심은 두려움에서 탄생한 결과였습니다. 옳고 그름에 대한 정상적인 사고가 작동하지 않은 채 남아있던 책임감마저 사라졌습니다. 두려움은 올바른 사고와 통제력 외에 책임감마저 앗아갑니다.

이제 무엇이 남았을까요? 아무것도 남아있지 않았습니다. 두려움에 짓눌려 어떻게든 피하고 싶은 도망자만 남았을 뿐입니다. 두려움의 시간, 아무것도 할 수 없는 무기력한 삶에서 기댈 곳이란 도피처밖에 없습니다. 도피처가 주는 유혹은 꽤 매혹적이었습니다. 도피처는 영원히 거주할 수 있는 곳이 아님에도 도피처가 주는 일시적인 안락함과 편안함에 다시는 두려움과 고통을 맛보고 싶지 않았습니다.

도망자와 피해자의 삶 속에 선택한 수면제는 그렇게 제 삶을 잠식했습니다.

스스로 만든 두려움

샤워하다 주저앉았고, 숨이 차올라 한순간에 쓰러질 것 같았고, 실제로 쓰러지기도 했습니다. 음식을 삼키다 호흡이 가빠지는 순간은 비일비재했지만 걱정한 것처럼 숨이 완전히 막히거나 멈추지는 않았습니다. 그동안 실체 없는 두려움에 대항하고 맞서 싸우느라 남아있는 에너지의 부스러기마저 박박 긁어서 써버렸습니다. 나날이 악화된 상태는 스스로 만든 결과였습니다.

두려움에 사로잡히면 아무것도 할 수 없다고 생각합니다. 실제로도 마비된 생각과 감정으로 인해 어떠한 행동도 할 수 없습니다. 스스로 만든 두려움이라는 사실을 기억하세요. 두려움에는 실체가 없습니다.

두려움에 대한 인식이 새로워지자 할 수 있는 것이 눈에 들어오기 시작했습니다. 한두 발자국 걷기, 물 한 모금 마시기, 밥 한 숟가락 더 먹기, 세수하기, 간단한 설거지와 벗은 옷가지를 세탁 바구니에 넣는 것 정도가 할 수 있는 전부이자 최선이었지만 온전히 집중하면서 조금씩 할 수 있는 영역을 넓혔습니다.

무엇을 하는지는 전혀 중요하지 않습니다. 지극히 작고 사소한 것이라도 할 수 없는 것이 아닌 할 수 있는 것에 집중하면 예전과는 다른 의미와 가치가 부여됨과 동시에 불안과 두려움은 잦아듭니다. 두려움이 줄어드는 만큼 잠자리는 편안해집니다. 한 켜 한 겨 쌓이는 실행과 성취를 통해 나도 모르게 향상되는 자존감은 삶을 예전과 다른 방향으로 인도합니다.

악순환의 굴레에서 당장 벗어나거나 끊을 수 있는 방법은 없지만 고리 하나가 헐거워지면 나머지 고리 역시 헐거워져서 결국에는 벗어 던질 수 있습니다. 믿고 행하는 것은 전적으로 자신에게 달려있다는 사실을 기억하세요.

불안은 객관적인 사실로 물리칠 수 있었다

'잠들만 하면 깨는데 어떡하지?'

'앞으로도 입면에 한두 시간씩 걸리는 건 아닐까?'

'제대로 잠을 자지 못해서 너무 피곤한데 영영 이렇게 사는 건 아니겠지?

불면증을 겪으면 두려움과 불안이 몰려오기 마련입니다. 불안이 야기한 불면증인지, 불면증이 야기한 불안인지에 대해서는 닭이 먼저인가 달걀이 먼저인가의 논쟁처럼 어느 것이 우선이라고 콕 집어 말할 수는 없지만 불안과 불면증은 개별적이면서 하나의 존재인 부부 관계와 같습니다.

불안이 지속되면 사실보다 추측에 집중하게 됩니다. 추측은 사실이 아님에도 추측에 과도한 에너지를 사용합니다. 어쩌다 맞은 추측은 이내 신념이 되고, 불안과 불면증은 더욱 끈끈하게 들러붙습니다.

추측은 또한 훌륭한 불안 보조제입니다. 그러므로 추측이 아닌 사실에 집중할 때, 사실에 입각한 안도감과 그에 따른 방법을 찾을 수 있습니다.

오늘도 못 자면 어떡하지?

불면증이 생기기 전에는 분명히 잠을 잘 잤어. 원래부터 잠을 못 잔 게 아니니 불면증이 좋아지면 예전처럼 잘 수 있어. 일단 천천히 심호흡부터 하자.

잠들만 하면 깨는데 어떡하지?

잠깐이라도 잠이 들었다 깨서 다행이야. 어떻게 하면 좀 더 수면 시간을 늘릴 수 있을까?

첫 번째,

앞으로도 잠드는 데 한두 시간씩 걸리는 건 아닐까?

입면에 한두 시간 걸렸지만 그 후에는 잠이 들었어. 입면 시간이 조금 더 짧아지면 되겠어.

제대로 잠을 자지 못해서 피곤한데 영영 이렇게 사는 건 아니겠지?

푹 자지 못해서 피곤하지만 그래도 잠을 자긴 했어. 어떻게 하면 좀 더 깊은 잠을 잘 수 있을까?

잠을 못 자서 내일도 기운 하나 없이 힘들고 무기력한 하루를 보내겠지. 이러다 연애도 결혼도 못 하고 외롭게 살다 죽는 거 아니야?

잠을 자지 못해도 항상 똑같이 힘들지는 않았어. 조금 더 피곤한 날, 덜 피곤한 날이 있으니 피곤이 덜할 때는 낮에 햇빛 보고 운동하면서 체력을 기르고 사람들과 소통하자. 열 명 중 세 사람이 불면증 환자라니 나를 이해할 수 있는 사람을 만날 수 있을 거야.

그저께 잠을 못 자서 어제도 애들과 남편에게 미친 사람처럼 짜증 냈어. 불면증 때문에 성격 나빠지고 가정 파탄 날 것 같아.

잠을 못 자서 몸과 마음이 피곤하니 감정 조절이 되지 않는 것은 당연해, 당장 해결할 수 없으니 이 부분에 대해서 남편과 아이들에게 미리 양해를 구하고 상의해 보자.

불면증이 있으면 뇌졸중과 치매는 물론, 당뇨, 심혈관 질환 등 모든 위험이 급증한다는데 어떡하지?

불면증이 건강에 좋지 않은 영향을 미지는 것은 사실이야. 하지만 불면증에 걸려도 별문제 없이 건강한 사람도 있어. 가공식품과 환경오염, 운동 부족이 미치는 영향과 마찬가지니 지금처럼 내가 할 수 있는 운동, 식습관 관리와 수면위생, 감정 일기 같은 기본적인 것에 충실하자.

잠을 잔 사실, 예전보다 호전된 사실처럼 추측이 아닌 사실에 집중하세요. 불안을 물리치는 것은 현재의 사실입니다. 객관적인 사실에 근거한 편안함을 먼저 찾으세요. 스스로에게 증명된 사실로 작은 편안함을 찾을 때 불안이 감소되고 원하는 밤을 맞이할 수 있습니다.

불면이 뜻하지 않은 선물이었다니

K의 이야기입니다. 학교의 임원을 맡을 정도로 공부 잘하고 성실한 아이들과 대기업 임원으로 바쁜 와중에도 가정적인 남편을 둔 K는 주위 사람들의 부러움을 한 몸에 받았습니다. 부러움의 대상은 질투를 받을 만도 하지만 사교성이 좋은 K는 어디를 가나 인기가 많았고 자신도 완벽에 가까운 삶을 살고 있다고

첫 번째.

자부했습니다. 불면증으로 고통받기 전까지는 말입니다.

"불안해서 미치겠어요. 잠도 잠이지만 해가 지기 시작하면 불안이 미친 듯이 몰려와요. 오늘도 못 자면 어떡하지? 또 밤새고 피곤한 나머지 남편과 아이들에게 히스테리 부리는 건 아닐까? 가족들이 나한테 상처받고 실망하면 어떡하지? 이런 생각만 들어요. 그리고 그러면 안 되는데 옆에서 잘 자고 있는 남편을 보면 부럽다 못해 화가 나고 짜증 나요…."

K는 부부싸움 후 불면증이 생겼습니다. 다정다감하던 남편이 쿠션을 집어 던지며 언성을 높이자 K는 큰 충격을 받았습니다. 하지만 며칠 후 남편은 사과를 했고 그 정도 부부싸움에 무슨 충격이냐는 친구의 말에 자신이 예민하다고 생각했습니다.

그전에는 잠을 못 자서 힘든 적이 없었기 때문에 며칠 지나면 괜찮아질 줄 알았습니다. 하지만 저녁만 되면 몰려오는 불안은 나날이 심해졌고 불안에 떠는 자신의 모습은 더더욱 견딜 수 없었습니다. 모임과 외부활동을 좋아하던 K는 이런 자신의 모습을 보이기 싫어서 이런저런 핑계를 대며 외출을 피하게 되었습니다.

잠을 자면 해결할 수 있다는 생각에 수면제를 복용했습니다. 점차 불안이 잦아들었고 잠을 자게 되었지만 서너 달이 지나자

전처럼 잠이 오지 않았습니다. 그때마다 늘어나는 약에 K는 마음이 편치 않았습니다. 그러던 중 TV에 방영된 향정신성 의약품에 관한 프로그램을 보고 덜컥 겁이 났습니다.

"약을 끊고 잠을 잘 자고 싶어요. 잠만 잘 자면 예전의 제 모습으로 돌아갈 수 있어요."

K는 잠을 원했지만 불면증은 잠의 문제가 아니라는 사실을 알려주었습니다. 오랜 불안 습관으로 야기된 불면이기 때문에 습관적인 불안을 해결하는 것이 우선이었습니다. 불안에 대한 인식을 개선하고 일상에서 불안에 대한 생각과 감정, 행동 습관을 교정하기 위해 매일 불안 가운데 할 수 있는 것을 찾아 안심 보드를 만들었습니다.

1. 불안이 몰려오거나 잠이 들지 않으면 서재로 간다.
2. 벽에 붙어 있는 가족사진과 앨범을 본다.
3. 천천히 심호흡을 열 번 한다.
4. 나와 불안은 다른 존재라는 사실을 인식하고 이완과, 휴식, 편안함을 누렸던 때를 생각하며 잠시 눈을 감고 이완과 연결되는 명상(숙면 심상화: 124페이지 참고)을 한다.

첫 번째.

가족에 대한 사랑이 지극한 K는 가족사진과 앨범을 보면 불안이 가라앉는다고 했습니다. 가족사진을 보고 잠시 불안에서 물러서면 심호흡을 하고 숙면 심상화를 했습니다. 그 과정에서 K는 자신과 불안은 하나의 덩어리가 아닌 불안을 인식하는 개별적인 주체라는 사실을 받아들이게 되었습니다.

그리고 잠이라는 통제 불가능한 영역을 통제하기 위해 안간힘 쓰지 않고 온전히 통제 가능한 영역을 찾아 에너지를 쏟았습니다. 매일 아침마다 하루의 목표 3가지를 작성하고 목표를 이루는 것에 초점을 맞추며 일상 자체를 변화시켰습니다. 매일 비슷비슷한 하루를 보내는 K는 어떤 목표를 설정해야 하는지 난감해했습니다.

"남이 보기에 좋은 목표, 이런 목표를 세워야 할 것 같아서 세우는 목표가 아니라 밥 한 순가락 먹기, 30분 걷기, 정해진 시간에 취침하고 기상하기처럼 나에게 맞는 목표를 세우세요. 저는 밥 한 순가락과 물 한 모금 더 마시기부터 시작했어요. 딱 하루에 3가지 목표만 세우는 거예요. 더 많은 목표를 세우면 부담스러워서 포기하기 쉬워요. 그러니 얼마든지 할 수 있지만 막상 마음먹지 않아서 하지 않은 것, 불면과 불안을 넘어서 건강과 행복을 위해 오늘 무엇을 하면 좋을지 생각하고 실행하세요. 매일 그날의 목표 3가지를 달성하는 데 몸과 마음의 에너지를 집중하는 거예요."

　K는 매일 아침마다 하루의 목표 3가지를 새우고 목표를 달성하기 위해 최선을 다했습니다. 잠자리에 들기 전 목표를 점검하며 하루를 돌아보고 다음 날을 계획했습니다. 간단하고 사소한 목표였지만 목표에 전념하고 이루자 자신에 대한 믿음과 성취감이 쌓였고 이렇게 쌓인 믿음은 불안을 실제로 완화해 자신의 삶을 원하는 모습으로 이끌어 나가며 통제할 수 있게 되었습니다.

　두 달이 지나자 K는 불안이 생각보다 많이 가라앉았다며 전처럼 불안에 휘둘리지 않는다고 했습니다.

　잠을 통제할 수 있는 사람은 아무도 없습니다. 누구나 아는 사실이지만 막상 불면의 고통을 겪으면 이러한 사실은 전혀 떠오르지 않습니다. K 역시 마찬가지였습니다.

　자신의 내면과 소통하지 않으면 결코 성장할 수 없다는 사실, 현재의 위기는 자신을 돌보고 진정으로 원하는 삶에 다가가기 위한 선물이라는 사실을 이해하게 된 K는 적극적으로 매일 내면과 소통하는 질문에 대한 글을 작성하며 새로운 자신의 모습을 인식하게 되었습니다. 학교와 각종 모임의 대표로 많은 사람에게 인정받고 완벽한 모습으로 보이기 위해 애썼던 자신을 이해하고 보듬으면서 남편과의 부부싸움으로 야기된 불면증이 자신에게 하고 싶은 메시지를 이해할 수 있게 되었습니다. 자신을 용서하고 화해한 K는 남편과 진심으로 화해할 수 있었습니다.

"제가 진작 저를 아끼고 사랑했다면 인정받기 위해 그토록 애쓰지 않았을 거예요. 저 자신이 불쌍하고 안쓰러운 마음은 남아 있지만 불면증이 아니었다면 삶을 돌아보지 못했을 거예요. 불면증은 저에게 새로운 삶을 주려고 온 선물이 맞는 것 같아요."

두
번
째,

해몽 수넙 이야기

내게 좋은 것을
선택할 안목과 용기

무엇을 선택하고 어떻게 실행할까?

다른 사람의 기준과 기대에 맞추고, 다른 사람의 기준에 맞는 삶이 익숙해지면 자신을 있는 그대로 온전히 받아들이는 것은 쉽지 않습니다. 타인의 삶을 산다는 인식 자체를 하지 못하기 때문입니다.

부족한 자신을 온전히 받아들이는 것이 두려워서 자신보다 우월하고, 월등해 보이는 다른 사람과 비교하며 끊임없이 자책과 채찍질 사이를 오갑니다. 혹은 자신보다 못한 사람을 찾아 우월감 속에 현실을 외면하고 부정하기도 합니다. 자신만의 고유한 삶의 기준이 없기 때문에 비교와 자책, 우월감은 하나의 습관으로 굳어지고 임계점에 다다르면 불면증, 우울증, 불안 장애 같은 증상으로 나타나기도 합니다. 올바로 대응하지 못할 경우 불안과 비교, 자책 속에 증상은 심화되고 더 큰 분노와 자괴감, 우울과 불안은 하나의 습관으로 고착됩니다. 이로 인해 본연의 나는 완전히 자취를 감춰버립니다.

수면제를 끊으며 자살 충동과 금단증상으로 하루하루 버티는 것조차 버거워지자 약을 권한 지인과 의사를 몹시 원망했습니다. 하지만 결국 모든 것은 제 선택이라는 사실을 받아들이며 미래의 제가 후회하지 않기 위해 지금 이 순간에 무엇을 하면 좋을지를 생각했습니다. 더 이상 도망가거나 원망하지 않고 스스로 선택하기로 했습니다. 또한 지난 과거의 선택에 대한 결과 역시 받아들이기로 했습니다. 삶의 변화는 외부의 특별한 것에 있지 않았습니다. 과거를 지나 현재를 사는 제가 삶을 선택하고 책임지자 변화가 나타나기 시작했습니다.

행복하고 싶었고 몸과 마음이 건강하고 싶었습니다. 하지만 처음에는 왜, 무엇을, 어떻게 해야 할지 알지 못해서 난감했습니다. 그래서 일상의 사소하고 작은 것부터 선택하고 책임지기로 했습니다. 왜, 무엇을, 어떻게 하고 싶은지는 스스로 찾고 도전하기 전까지는 알 수 없습니다. 심지어 그동안 원하고 좋아했다고 믿은 것마저 습관적인 익숙함에서 온 착각인 경우가 많습니다.

행복하고 싶다면, 당장 거울 앞에서 억지 미소라도 지어보세요.

건강하고 싶다면, 우선 운동화를 신고 현관문을 열어 보세요. 현관문을 열었다면 한 발자국만 걸어 보세요.

숙면을 취하고 싶으면, 전날 밤 수면상태에 개의치 않고 일찍 일어나 햇빛을 보고 산책하러 나가세요.

활기차고 즐거운 삶을 살고 싶다면, 당장 친구한테 문자를 보내거나 전화를 하고, 재미있는 영화와 드라마를 보세요.

실행은 다른 사람을 위해서가 아니라 자신을 위해 해야 합니다. 소중한 용기와 의지를 더 이상 익숙한 과거의 삶, 타인을 위한 삶에 사용하지 마세요. 진심으로 나를 위한 것, 원하는 것을 위해 용기와 의지를 발휘하세요.

나는 불면증에서 벗어날 수 있을까, 벗어날 수 없을까?

불면증에서 벗어나서 하고 싶은 것을 하며 마음 편히 자는 모습이 그려지시나요? 스쳐 지나가는 생각이 아니라 머릿속에서 살아 움직여 펄떡하고 밖으로 튀어나올 것 같은 생동감이 느껴

두 번째.

지시나요? 자기 전 복용하던 8개의 수면제가 2~3개로 줄어들자 희망이 싹텄습니다. 여전히 제대로 할 수 있는 것은 거의 없었지만 조금씩 할 수 있는 것에 집중하며 미래를 꿈꿀 수 있게 되었습니다.

꿈을 꾸고 상상하는 것은 누구나 할 수 있다고 생각합니다. 물론, 특별한 방법이나 요령은 필요하지 않습니다. 살아있는 사람이라면 얼마든지 상상의 나래를 펼칠 수 있습니다. 하지만 세상에는 꿈을 꾸지 못하는 사람이 의외로 많습니다. 불안과 두려움에 머물러 있는 사람은 꿈을 꾸지 못합니다. 두려움에 몸과 마음이 잠식되었기 때문입니다.

금단증상과 불면의 고통 속에 매일 밤 몸부림치면서도 편히 잠드는 제 모습을 꿈꾸며 믿었습니다. 한 걸음 두 걸음 걷다 이천 보, 삼천 보를 걸을 때는 만 보를 걷는 모습을 상상했고, 한여름에도 긴 팔과 긴 바지 차림에 다리를 질질 끌면서도 반팔과 숏 팬츠를 입고 달리는 제 모습을 상상하며 걸었습니다.

금단증상의 하나인 브레인 포그Brain fog[2] 때문에 아이들의 전화번호나 주민등록번호, 계좌 번호조차 기억나지 않았습니다. 글

---

2. 머리에 안개가 끼인 것처럼 멍한 느낌이 지속돼 생각과 느낌을 분명하게 표현하지 못하는 상태

을 쓰면서도 문맥이 맞는지 틀리는지 알 수 없어서 수없이 눈물을 흘렸지만 교보문고에 제 책이 진열되어 사인하며 인터뷰하는 모습을 상상했습니다. 상상대로 이루었고 앞으로도 이룰 수 있음을 확신하며 오늘도 꿈을 꿉니다.

자유는 상상하는 만큼 빨리 찾아옵니다.

불면증에서 벗어나는 사람이 되려면

고통과 두려움 속에 있는 사람은 미래가 아닌 과거를 그리워합니다. 현재보다 좋아진 미래를 상상할 수 없기 때문에, 최소한의 안전함이 보장된 과거를 붙잡고 안주합니다. 돌이킬 수 없는 과거에 괴로워하며 스스로를 더욱 큰 고통과 불안으로 몰고 갑니다.

불면증에서 벗어나 자유를 얻은 사람은 아무것도 할 수 없는 와중에도 마음껏 상상하지만 벗어나지 못하는 사람은 끊임없이 과거를 그리워하며 결코 상상하지 않습니다.

믿어지지 않아도 일단 상상부터 하세요. 상상하는 만큼 좋아질 수 있습니다. 아무것도 하지 못하는 상황일지라도, 할 수 있는 것이 단 하나도 눈에 들어오지 않아도 상상만큼은 뜻대로 할 수 있습니다. 자신의 한계를 스스로 제한하지 마세요.

두 번째.

수면위생을 아는 사람이 아니라 실행하는 사람이 되기로 했다

잠 못 이루는 밤의 고통을 안다면 수면위생에 대해서 알고 있거나 적어도 한 번쯤은 듣게 됩니다. 수면위생이란 잠을 자기 위해 지켜야 할 하나의 생활 습관을 이야기합니다. 위생이라는 표현에 청결이 떠오를 수 있지만 잠자리 청결을 포함한 사소하지만 막상 지키려면 만만치 않은 소소한 잠자리 습관을 통틀어 수면위생이라고 합니다. 규격화된 양식은 아니지만 기본적인 구성은 대부분 유사하기 때문에 항목을 보고 자신에게 맞게 적용하도록 합니다.

1. 정해진 시간에 잠자리에 들고 기상합니다. 기준으로 정한 시간에서 2시간을 벗어나지 않도록 합니다.

2. 아침에 잠이 깨면 바로 일어납니다. 일어나서 밝은 빛을 쪼이면 잠을 깨고 숙면을 취하는 데 도움이 됩니다.

3. 낮에 규칙적으로 운동합니다. 가능한 햇빛을 받으며 최소한 30분 이상의 운동을 하며 취침 전에는 격렬한 운동을 피합니다. (뇌와 신체를 각성시키기 때문입니다.)

4. 커피, 홍차, 녹차, 초콜릿 음료, 탄산음료, 에너지 드링크와 자양강장 제처럼 카페인이 든 음료는 피합니다. 부득이한 경우에는 취침 6시간 전까지 마시도록 합니다.

5. 저녁에 과식하지 않습니다. 과식하면 잠들기 힘들어집니다. (포만감이 들어야 잠들기 쉽다고 하지만 실제로는 소화를 위해 장기가 쉬지 못하기 때문에 수면에 도움이 되지 않습니다) 허기가 들면 따뜻한 두유, 아몬드, 바나나처럼 소화에 부담을 주지 않고 이완에 도움 되는 음식을 추천합니다.

6. 낮잠을 자면 밤에 잠자기 힘들어지므로 낮잠을 자지 않습니다. 몹시 힘든 경우에는 30분 이내의 낮잠을 잡니다.

7. 침대는 취침 시간 이외에는 눕지 않고 수면 이외의 목적(티브이(TV)나 스마트폰 보기, 게임, 독서 등)으로 사용하지 않습니다.

8. 침실은 늘 쾌적하고 조용히, 조도를 낮추고 안정감 있게 유지합니다.

9. 술과 담배는 정신적인 흥분을 일으키고 자주 깨게 하므로 삼갑니다.

10. 잠자리에 누워서 30분 이상 지났는데도 잠이 오지 않으면 일어나서 다른 장소에 가서 책을 읽거나 음악을 듣는 등 잠자리를 벗어나 자극이 적은 가벼운 활동을 하다가 다시 잠이 오면 잠자리로 돌아옵니다.

11. 자다가 깨거나 잠자리에 들 때 일부러 시계를 보지 않습니다. 시계를 보게 되면 잠을 자지 못한 사실에 대해 걱정하게 되고, 걱정하면 긴장되고 생각이 많아져서 잠은 더 오지 않습니다. 침실에서 시계(스마트 폰 포함)를 치우는 것이 좋습니다.

12. 잠을 충분히 자지 못해도 동일한 시간에 기상합니다. 피곤하다고 더 누워있거나 틈만 나면 누워있는 습관은 잠을 더욱 오지 않게 만듭니다.

누구나 아는 내용입니다. 이런 것으로 좋아지는 불면증이라면 애초에 걱정하지도 않았다는 생각은 저 역시 했습니다. 좋다는 민간요법도 꽤 해봤고 수면에 도움 되는 보조제와 영양제를 복용했고 침구도 사용해 봤습니다. 하지 않은 것은 운동, 생각 및 감정 습관을 비롯한 삶 전반에 걸친 습관의 변화였습니다.

그동안은 본질인 저 자신을 제외한 나머지 요소, 즉 쉽고 간단하면서도 즉각적인 효과가 나타나는 '특별한' 방법을 원했습니다. 하고 싶지 않은 것은 제외하고 하고 싶은 것만 취사선택해서 효과를 보장받고 싶었던 것입니다. 본질적인 노력을 제외하고 얻으려 했으니 지금 생각하면 도둑 심보나 마찬가지였습니다.

특별한 것에 대한 무의식적인 기대는 생각보다 컸습니다. 수면제를 비롯한 각종 보조제와 영양제, 침구류 같은 눈에 보이는 외적인 요소에 기대감이 컸다는 것은 그만큼 주도적으로 노력하지 않겠다는 반증이기도 합니다.

인정하고 싶지 않지만 불면증의 본질은 나 자신입니다. 사소하고 일상적인 습관이 쌓여서 현재의 내 모습을 만들었다는 사실을 기억하세요. 이것저것 해도 효과를 보지 못했다면 아직 하지 않은 것을 실행해 보세요. 아는 것과 하는 것은 다릅니다.

기상 알람만큼 중요한 취침 알람 인식하기

숙면은 불면증을 비롯해 건강하고 행복한 삶을 위한 기본적인 요소입니다. 하지만, 현대 사회의 발전과 편리함에도 불구하고 수면 시간과 수면의 질은 떨어지고 있습니다. 업무와 학업 특성상 밤과 낮의 패턴이 뒤바뀐 경우도 많아서 신체와 정신 건강에 많은 위협이 되기도 합니다.

잠자리에 들어야 할 시간에도 남아있는 업무와 가사, 학업과 스트레스 때문에 자야 할 시간을 훌쩍 넘기기가 일쑤입니다. 잘 시간을 넘기면 막상 잠이 들지 않기도 합니다.

기상 시간은 자의 반 타의 반으로 지킬 수 있지만 취침 시간 은 오히려 지키기 힘든 경우가 많습니다. 특별한 이유가 없어도 자신만의 시간으로 활용할 수 있는 시간은 대체로 저녁 시간 이 후인 경우가 많기 때문입니다. 그 시간이라도 자유롭고 편안하 게 사용하고 싶은 마음에 게임을 하거나 영화를 보고, 책을 읽 고 야식을 먹다 잘 시간을 놓치면서 수면 패턴이 망가지기도 합 니다.

어떻게 하면 효과적으로 취침 시간을 챙길 수 있을까?

아침에 어떻게 일어나시나요? 일찍, 정해진 시간에 일어난다 는 생각에 그치지 않고 자기 전에 알람을 맞춥니다. 아침이 되 면 알람 소리에 따라 하루를 시작합니다. 취침 시간 역시 동일 한 환경을 설정합니다. 이때쯤 자겠다는 생각에 그치지 않고 생 각을 실행으로 옮깁니다.

특히, 불면증으로 고생하거나 수면의 질이 떨어진 경우 동일한 시간에 기상하고 동일한 시간에 잠자리에 든다는 수면위생을 알고 있어도 막상 지키기 어려운 경우가 많습니다. 지키고 싶은 마음이 없어서 지키지 않는 것이 아니라 지킬 수 있는 환경을 설정하지 않아서 지키지 못하기 때문입니다. 이때 취침 알람을 활용하면 도움을 받을 수 있습니다.

기상 알람처럼 취침 알람을 맞추고 알람이 울리면 하던 일을 마무리하고 잠자리에 들 준비를 합니다. 잠들기 20~30분 전에 알람을 설정해서 알람이 울리면 양치를 하고 감정 일기와 감사 일기를 작성하거나 명상, 내일 일과의 정리 등으로 하루를 온전히 마무리하고 잠자리에 듭니다.

취침 알람으로 잠자리에 드는 수면 루틴이 형성되면 뇌에서도 모든 정신적, 신체적 활동을 멈춰야 한다는 사실을 인식하게 됩니다.

수면 시간을 앞당기거나 변화를 주고 싶은 경우에도 취침 알람을 활용할 수 있습니다. 만약 한 시간 정도 일찍 자고 일찍 일어나는 패턴을 만들고 싶으면, 단번에 한 시간을 앞당겨서 맞추지 않고 평소보다 10분에서 15분 정도 당겨서 알람을 맞춥니다. 일주일 정도가 지난 후 새로운 수면 패턴에 적응이 되면 다시 알람을 10분에서 15분 정도 앞당겨 맞추기를 반복해서 최종

적으로 한 시간 일찍 자고 일찍 일어나는 패턴에 무리 없이 적응하도록 합니다. 이때 기상 알람은 일찍 자는 시간만큼 일찍 울리도록 설정합니다.

취침 알람을 활용해 단계적으로 수면 시간에 변화를 주면 몸과 마음의 저항을 최소화할 수 있습니다.

습관은 단번에 변화하지 않지만 언제든 스스로 만들고 변화시킬 수 있는 것이 습관입니다. 처마 밑에서 떨어지는 낙숫물이 단단한 바위를 뚫는 것처럼 시간과 노력을 들여 형성한 좋은 습관은 수면뿐만 아니라 삶을 변화시킵니다.

인생의 변화는 사소한 하나의 행동에서 시작합니다.

수면의 질은 낮의 노력에 따라 달라진다

'피곤하고 잠이 부족하니 늦잠은 포기할 수 없어, 유일한 낙이 야식이야, 일해야 하니까 아침에 아메리카노 한 잔, 점심 먹고 카페라테 한 잔은 마셔야 버티지, 침대에 누워서 게임하고 쇼핑하면 스트레스가 싹 날아가, 틈날 때마다 누워서 쉬는 게 최고야, 주말에는 몰아서 최대한 늦게까지 자야지, 피곤하고 바쁜 데 운동할 틈이 어디 있어?'

핑계 없는 무덤 없다는 말이 왜 나왔을까요? 하지 못할 이유는 얼마든지 차고 넘칩니다. 모든 이유마다 충분히 이해할 수 있습니다.

하지만, 안타깝게도 자연의 섭리와 기본적인 인체의 흐름을 무시한 상태로 잠이 오게 하는 방법은 없습니다. 원칙과 기본은 수면에 있어서 더할 나위 없이 중요한 부분입니다. 늦은 기상, 부족한 햇빛, 운동과 거리가 먼 생활, 늦은 시간의 야식과 좋지 않은 식습관, 불규칙한 생활을 유지한 채로 숙면을 취하기는 어렵습니다.

하고 싶은 생활을 고수할수록 잠과 나의 거리는 멀어집니다. 그래서, 잠자리에 들 때가 되면 잠과의 거리를 좁힐 방법을 찾아 보지만 밤에 할 수 있는 것은 매우 제한적이고 일시적입니다. 정해진 시간에 일어나서 햇빛을 보고 활동하며, 충분히 운동하고 규칙적인 활동을 하고, 좋은 식습관을 유지하고, 사람들과 소통하고 교류하며, 자기 몸과 마음을 돌보는 낮의 활동에 따라 수면의 질은 달라집니다. 밤의 노력으로 양질의 잠을 자기는 힘듭니다.

오히려 다급해진 마음과 불안으로 인해 수면의 질이 저하될 가능성이 많습니다. 수면의 질은 밤이 아닌 낮에 달려있습니다. 오늘 하루를 어떻게 보낼지 생각하고 즉시 실행해 보세요. 낮의 활동에 따라 수면의 질이 달라집니다.

두 번째.

내 침대를 차지하고 있는 것은 무엇일까?

매일 밤 잘 시간이 가까워지고 침대에 들어서는 순간 어떤 생각을 하시나요?

'베개에 머리 닿자마자 자면 좋겠다.'

'눕자마자 코 고는 사람은 얼마나 좋을까?'

'대체 오늘은 얼마나 뒤척이다 잠들까? 한 시간, 두 시간? 그나마 잠들면 다행이지 지난번처럼 밤을 꼴딱 새는 건 아닐까? 내일 중요한 미팅이 있는데 잠 못 자면 안 되는데….'

'그러고 보니 낮에 커피를 반 잔 마셨네. 커피 때문에 잠 못 자는 거 아닐까? 커피 마시지 말 걸….'

잠이 올 것 같았는데 꼬리에 꼬리를 무는 생각에 언제 그랬냐는 듯이 머리는 맑아지고 눈은 말똥말똥해집니다.

내 침대를 차지하고 있는 것은 무엇인가요? 편안함과 휴식 대신 걱정과 불안이 차지하진 않았나요? 뇌는 무엇보다 생존이 중요합니다. 그래서 생존에 위협이 되는지 아닌지 알 수 없는 위험 요소가 존재하는 새로운 유익함 대신, 그동안의 생존을 보장해 준 익숙함을 선택해서 익숙한 습관을 고수합니다.

수차례 불면의 밤을 보내온 침대는 이미 잠을 잘 수 없는 곳,

걱정과 불안, 상념이 가득한 곳이 되었습니다. 잠이 오지 않는 다는 이유로 스마트폰과 티브이를 보고, 억지로 잠을 청하며 불안과 걱정에 몰입해 있는 상태를 뇌는 기억합니다. 뇌의 기억은 바로 습관을 의미합니다.

이완과 휴식의 장소가 되어야 하는 침대가 각성의 장소가 되었다는 사실을 기억하세요. 다른 장소에서는 잠이 오고 졸기도 하는데 이상하게 내 침대에서 유독 말똥말똥하다는 것은 무엇을 의미할까요?

침대에서 무엇을 하시나요? 티브이와 스마트 폰 보기, 게임하기, 상념에 빠지기, 독서, 낮잠 자기를 모두 멈추세요. 침대는 잠을 자는 장소여야 합니다.

힘들지만 잠을 자는 장소로 다시 습관을 들여 보세요. 30분 이상 잠이 오지 않으면 무조건 침대에서 나옵니다. 자다 깨더라도 일어나세요. 침대는 잠과 휴식의 장소라는 사실을 뇌가 인식하고 받아들여야 합니다. 침대를 벗어났다면 지루한 책을 읽거나 안정감을 주는 음악을 듣고, 따뜻한 찜질을 합니다. 잠이 올 때 비로소 다시 침대로 돌아갑니다.

뇌에게 침대는 잠을 자는 장소라는 사실을 재인식시키는 훈련입니다. 뇌가 인지하고 습관이 될 때까지는 꾸준한 반복이 필요합니다. 뇌에 새로운 습관이 형성되려면 평균적으로 66일이 소요되니 그 시간까지는 반복하면서 뇌의 변화를 기다려 주세요. 물론 평균이니 그보다 더 오래, 혹은 더 적게 소요될 수 있습니다. 어떤 날은 지키지 못할 수도 있습니다. 하루 이틀 지키지 못했다고 원점으로 돌아가지 않으니 다시 반복하세요. 작심삼일로 멈추면 그대로 끝나지만 작심삼일 후 또다시 시작하면 원하는 결과를 맞이할 수 있습니다.

침실과 침대는 오직 잠을 자기 위한 장소로만 사용하세요. 과정은 고단하고 지루합니다. 하지만 과정 없는 결과는 없다는 사실을 기억하세요.

불면증을 치료할 수 있는 사람은 의사가 아닌 나

불면증이 장기화되면 견디다 못해 수면제를 처방받기 마련입니다. 수면제 복용 후 일상은 다시금 안정을 찾고, 2주에서 한 달 간격으로 병원에 방문하면 손쉽게 약을 처방 받을 수 있습니다. 시간, 비용, 에너지의 모든 면에서 효율적이라는 생각이 듭니다.

수면제로 찾은 잠과 일상을 온전한 내 것이라고 할 수 있을까요? 온전한 잠은 수면제 없이 가능해야 합니다. 그러므로 수면제는 치료제가 아닙니다. 최소한의 의지와 에너지를 발휘하도록 도와주는 임시 도우미라 할 수 있습니다. 평생 도우미에게 의지해서 살 수 없듯이 도움받는 동안 일상 회복의 기틀을 마련해야 합니다. 도우미는 도움 그 자체일 뿐 그 이상의 본질이 아닙니다.

그렇다면, 2주에 한 번, 혹은 한 달에 한 번 진료 받는 병원에서 온전한 치료가 가능할까요? 불면증은 진료실 이외의 시간, 24시간 중 특히 낮의 시간을 어떻게 보내는지에 따라 양상이 달라집니다. 신체적, 정서적인 습관 모두를 바꾸지 않으면 좋아지기 어렵습니다. 몸과 마음을 돌보라는 강력한 신호를 무시하고 좋아질 방법은 없습니다. 하지만, 꾸준히, 조금씩 천천히 기존의 습관을 바꾸면 좋아질 수 있는 것이 또한 불면증입니다. 삶의 총체적인 돌봄과 실행이 필요하다는 신호, 더 이상 미루면 안 된다는 외침이 불면증으로 드러난 것뿐입니다.

수면위생을 점검하고, 평소의 생활 습관, 그리고 생각과 감정 습관을 점검해 보세요. 버려야 할 부분은 버리고 채워야 할 부분은 채우면서 삶을 점진적으로 변화시킬 때 원하는 잠을 얻을 수 있습니다. 그리고 무엇보다 불면증이라는 증상을 수면 위로 드러낸 본질을 만날 수 있습니다. 본질을 만나는 사람, 일상을 변화시키는 사람은 진료실에 있는 의사가 아닙니다.

불면증 치료는 의사가 아닌 내가 합니다.

지금 바로 걷기로 했다

운동이라면 고개부터 젓던 제가 수면제를 끊으며 미친 듯이 걸었습니다. 가까운 거리도 무조건 택시를 타고, 운동이라면 숨 쉬기 운동으로 충분하다고 한 사람이 바로 저였습니다. 물론, 약을 줄이며 바로 걷지는 않았습니다. 한동안은 허리케인보다 치명적으로 삶을 강타한 수면제에 완전히 잠식되어서 절망 속에 갇혀 있었습니다. 그러다 조금씩 익숙함과 낯섦, 희망과 공포를 동시에 느끼며 걷기 시작했습니다.

시작은 단순했습니다. 당시에는 수면제를 끊으며 생긴 여러 금단증상 중 근육경련과 수축, 통증, 두통, 감각 이상이 가장 고통스러웠습니다. 손을 제대로 사용할 수 없었고 무엇보다 걷는 행위 자체가 힘들었습니다. 처음에는 불편하고 힘든 정도였는데 시간이 지나도 호전될 기미가 보이지 않았고 환인클로나제팜을 끊은 후 증상은 더욱 심해졌습니다.

매일 발과 다리에는 쥐가 났고 쥐가 난다는 표현으로 부족한 경련과 수축, 통증에 감각은 멍했습니다. 급기야 어떻게 걸어야 하는지 가물가물했고, 앞으로 평생 걷지 못할 것 같은 두려움에 극심한 공포가 밀려왔습니다.

스스로 걷는 사람에게 불가능은 없다

'이러다 평생 걷지 못하면 어떡하지?'

더 이상 그대로 있을 수 없었습니다. 집에서도 간신히 기어다니는 형편이었지만 당장 일어나 제대로 갖추지도 않은 옷과 신발로 가족들의 부축을 받으며 나갔습니다. 밝은 햇살 아래 평화로운 모습으로 걷고 움직이며 뛰어다니는 사람들의 모습에 눈물이 흘러내렸습니다. 시야에 들어온 많은 사람들처럼 아무렇지 않게 걷고 움직이던 제가 어떻게 평생 걷지 못할 것 같은 두려움에 뛰쳐나와 부축을 받고 있는지 기가 막혔습니다.

다른 소원은 없었습니다. 스스로 걷고 정상적인 생활만 할 수 있으면 무엇이든 할 수 있을 것 같았습니다. 부러움과 절망이 교차하는 가운데 결심했습니다.

'건강해서 걷고 운동하는지, 걷고 운동해서 건강한지는 알 수

없지만 일단 조금씩 걷자.'

한 걸음 내딛는 발걸음마다 십 리는 걷고 온 사람처럼 힘들고 고통스러웠지만 조금씩, 꾸준히 걸었습니다.

한 걸음, 두 걸음이 쌓여서 천 걸음, 삼천 걸음이 되었고 평생 처음으로 만 보를 걷게 되었습니다. 아무런 문제 없이 다니던 시절에도 걷지 않은 만 보를 삶의 끝자락에서 걷게 되었습니다. 발걸음을 뗄 때마다 삶의 소중하고 아름다운 가치와 의미를 되새겼습니다.

수없이 쌓인 걸음은 습관으로 자리 잡아 이제는 걸어야 편안한 사람이 되었습니다. 걷기 위해 돌아가고 걷기 위해 일찍 나서며 대중교통 사이에서 마주하는 계단에 반가운 미소를 짓습니다.

불면증에 걷기보다 효과가 좋은 운동은 많습니다. 운동 효과만 놓고 보면 수영, 달리기, 등산, 헬스클럽에서 하는 근력 운동, 고강도 인터벌 운동이 있지만 걷기는 보다 광범위한 의미를 담고 있습니다.

선포이며 결과, 의지의 발현인 걷기

새로운 결심을 하고 결심을 유지하기 위해 그대로 지니고 있으면 어떻게 될까요? 결심은 허상으로 끝나게 됩니다. 걷기는 몸과 마음의 온전한 주인으로 살겠다는 선포의 시작이며 결과입니다. 보이지 않는 생각의 결과가 현실로 구현된 위대한 창조의 시작입니다.

소중한 의지를 어디에, 어떻게 발휘하면 좋을까요? 머릿속에 그리는 것과 현실은 매우 다릅니다. 나에게 유익한 것, 원하는 것에 의지를 발휘하고 싶어 하면서도 실상은 습관적인 무익함에 끌려다니고 있습니다. 한 개만, 두 개만 하다 어느새 다 비워 버린 과자 봉지, 운동하려고 샀지만 박스 채로 신발장에 들어가 자취를 감춰버린 운동화, 30분만 본다고 하다 밤새고 본 드라마와 영화. 이렇게 순간에 사로잡혀 소중한 의지와 에너지는 지금 이 순간에도 헛되이 사라지고 있습니다.

의지를 발휘하지 말아야 할 곳이 아닌 발휘해야 할 곳, 내가 원하는 곳에 의지를 발휘하세요.

그럼에도 아직 어디에, 어떻게 의지를 발휘해야 할지 모르겠다면 일단 운동화부터 신으세요. 운동화를 신으면 충성을 맹세한 기사처럼 충실하게 역할을 수행하는 본연의 의지를 만날 수 있습니다. 운동화를 신고 현관문을 여는 내 모습은 나에게 주는 가장 큰 선물입니다.

뇌를 움직이기 위해 발을 움직이기로 했다

발과 다리를 활용해 걷거나 운동을 하면 건강에 도움 된다는 사실은 누구나 알고 있습니다. 그러나 신체의 변화를 자각하게 될 때까지는 보이지 않는 영역에서 일어나는 변화에 대해 인지하지 못합니다. 한두 발자국 발과 다리를 움직이면 생각보다 훨씬 더 의미 있고 복잡한 현상이 일어납니다.

근육의 움직임은 뇌의 시상하부를 자극하여 한 걸음 뗄 때마다 시상하부에서 신경호르몬인 세로토닌과 도파민, 엔도르핀을 분비합니다. 세로토닌, 엔도르핀, 도파민은 대표적인 행복 호르몬으로 수면과도 밀접한 관계를 맺습니다. 특히 수면과 숙면에 작용하는 멜라토닌 호르몬은 낮 시간에 분비된 세로토닌 호르몬에 의해 분비됩니다. 세로토닌이 충분할수록 멜라토닌이 충분히 분비해서 질 좋은 수면과 입면이 가능합니다. 즉 멜라토닌 이전에 세로토닌이 만들어져야 멜라토닌이 생성된다는 의미입니다.

세로토닌은 일조량에 많은 영향을 받기 때문에 낮에 햇빛을 받으며 하는 산책은 단순한 산책으로 끝나지 않습니다. 일반적으로 낮에 10~15분 정도의 햇빛만 받아도 하루에 필요한 비타민D를 만들어 내기에는 충분합니다. 비타민D는 세로토닌 호르몬의 합성에 관여하기 때문에 특히 낮 시간의 걷기는 중요한 의미를 지니고 있습니다. 몸과 마음의 건강은 멀리 있지 않습니다. 누구에게나 주어진 낮과 햇빛, 두 다리와 발에서 시작합니다.

신경과학자이자 무용가인 줄리아 바소Julia Basso 박사는 "짧은 신체 활동도 뇌 기능 향상에 도움이 된다."라고 했습니다. 몸을 움직이면 뇌로 가는 혈류가 늘어나고 세로토닌과 도파민 같은 신경전달물질이 적절하게 조절되며 시간이 지남에 따라 뇌세포의 발아를 돕는 성장인자를 방출하도록 자극하기 때문입니다.

발을 움직이며 걷는 것도 보이지 않는 뇌를 움직이는 것과 마찬가지입니다. 뇌를 직접 원하는 대로 다룰 방법은 없지만 발은 얼마든지 다룰 수 있습니다. 뇌를 건강하게 하고 원하는 잠을 자고 싶다면 두 발부터 움직이세요.

사실 걷기보다 효과 좋은 운동은 얼마든지 다양합니다. 반드시 걷기가 아니어도 괜찮습니다. 하지만 걷기만큼 자유로운 운동은 없습니다. 남녀노소, 연령, 인간관계, 시간, 복장, 비용 모든 것에서 이토록 자유로운 운동이 또 있을까요? 필요한 것은 오직 발과 의지입니다.

불면의 밤이 장기화될수록 불안 역시 깊어집니다. 통제할 수 없는 무력감에서 오는 우울 때문에 자존감도 낮아집니다. 조건과 제약이 많은 다른 운동에 비해 오직 의지만 발휘하면 통제할 수 있는 걷기를 통해 잊고 있던 안도감과 안정감을 찾을 수 있습니다. 불안한 상황에서는 작고 사소하지만 온전히 통제할 수 있는 영역이 필요합니다. 언제 어디서나 스스로 제어할 수 있는 걷기는 불안 완화에 도움을 줄 수 있습니다.

걷기는 신이 준 선물이다

평소에, 생각한 대로 행동하시나요? 행동하는 대로 생각하시나요? 우리는 이상과 다른 현실의 모습에 좌절하고 우울하며 분노하고 불안해합니다. 누구나 이상대로 살고 싶어 하고 꿈을 꾸지만 그대로 실행에 옮기는 경우는 많지 않습니다. 대다수가 생각이 아닌 행동에 이끌려 행동한 대로 합리화하는 일상을 살고 있습니다. 하지만 일상과 감정을 있는 그대로 받아들이며 생각한 대로 살기로 결심한 사람은 그것에 맞게 행동하기 위한 전략을 세우고 실행하며 생각과 행동의 간격을 좁혀 나갑니다. 실수하고 넘어지지만 실수를 통해 발전하며 실수를 성장의 기회로 삼습니다.

생각과 다른 현실을 받아들이기를 거부하는 사람은 이상과 현실의 간극에 좌절하며 감정을 눈덩이처럼 굴리며 극대화시킵니다. 팽창된 감정은 현실에서 구현될 가능성이 없는 극대화된 이상을 유일한 모습으로 고착시키고, 고착된 이상과 전혀 다른 현실 세계의 자신을 외면하고 부정합니다. 이런 과정에서 불면 증과 우울증이 발생할 가능성은 다분합니다.

생각대로 사는 삶은 막연하고 어렵지 않습니다. 매일 한 걸음, 두 걸음 걷는 것이 생각대로 사는 삶입니다. 일상적이고 사소한 가운데 생각을 구현할 때 자신을 살리고 주위를 변화시킬 수 있습니다. 걷겠다는 결심으로 그치지 않고 단 5분이라도 걷고 온 사람이 생각대로 사는 사람, 성장하는 사람, 꿈을 이루는 사람입니다. 생각과 현실의 간극을 좁힐 수 있는 유일한 방법은 지금 이 순간의 행동입니다. 행동하는 만큼 생각 속의 내 모습에 가까워집니다. 생각과 현실의 간극이 좁아지면 자존감과 회복탄력성이 향상되고 불면의 밤도 자취를 감출 수 있습니다.

지금 바로 당장 일어나 운동화를 신고 현관문을 여세요. 행동하는 대로 생각하지 말고, 생각한 대로 실행하는 사람이 되기 위한 첫걸음으로 걷기보다 나은 것은 없습니다. 스스로 걷는 사람에게 불가능은 없습니다.

두 번째,

심장 건강

혈압과 콜레스테롤 수치가 낮아져 심장이 건강해진다. 심장마비 위험성이 50% 감소한다.

창의력이 60% 증가한다.

질병 예방

주 20시간을 걷는 경우, 뇌졸중 위험성이 40% 감소한다.
근육과 뼈를 강화시켜 골다공증 위험성을 30% 감소한다.
근육을 강화시켜 관절염을 예방한다.
하루 30분 활기차게 걸으면 당뇨 예방에 도움을 준다.
체지방이 연소되어 비만을 예방한다.
대사 증후군이 29% 감소한다.

우울증 방지

호르몬 분비로 기분전환에 도움을 주는 항우울제 역할을 한다. 단 10분만 걸어도 불안과 우울이 감소한다. 다른 운동을 45분 했을 경우와 비슷한 수준이다.[3]

3. 미국 스탠퍼드 연구 결과, 분당구 보건소 건강증진센터

걷기 효과를 높이는 인터벌 걷기

걷기가 일상화되면 운동 효과를 높이기 위해 인터벌 걷기를 시도할 수 있습니다. 인터벌 걷기란 빨리 걷기와 천천히 걷기를 번갈아 하는 운동입니다. 만약 30분 동안 걷는다면 5분은 평상시 속도로 걷고, 3분은 전신에 힘을 줘서 빠르게 걷는 방법을 반복하며 걷는 방법입니다. 천천히 걷기 5분과 빨리 걷기 3분을 한 세트로 삼아 3~4세트를 반복하면 됩니다.[4]

인터벌 걷기 운동법

- 시선은 약 25미터 앞을 보고, 목선은 다소 비스듬히, 가슴과 등은 곧게 편다.
- 다리는 가능한 한 크게 의식하여 내디딘다. 걸을 때는 발꿈치부터 먼저 지면에 대고 발가락을 둥글게 굴린 후 발가락으로 지면을 차고 나간다.
- 팔꿈치는 90도 각도로 구부리고 걸을 때 팔을 앞뒤로 당기는 느낌으로 활기차게 뻗는다.
- 빨리 걷기의 속도는 약간 힘들다고 느낄 정도의 강도로 실시한다.

4. 일본 장수과학진흥재단

‒ 3분간 빨리 걷기와 3분(혹은 5분)간 천천히 걷기를 1세트로 한다. 하루에 5세트 이상 주 4일 이상을 목표로 한다.

인터벌 걷기 운동 주의사항

‒ 빨리 걷기를 하다 굴러 넘어지기 쉽기 때문에 발이 얽히지 않는 정도의 속도로 걷는다.

‒ 인터벌 걷기 시작 전 후에 스트레칭을 해서 부상과 피로를 예방한다. 특히 하체의 스트레칭을 충분히 실시해 하체 근육을 이완한다.

‒ 운동복은 가볍게 입고 신발은 바닥이 부드럽고, 구부리기 쉬운 것을 고르며, 발뒤꿈치에 쿠션이 있는 것을 선택한다.

‒ 심장병이나 폐 질환이 있거나, 뇌졸중, 파킨슨병 진단을 받은 적이 있는 사람은, 인터벌 걷기를 해도 되는지 의사와 먼저 상담한다.

인터벌 걷기의 효과

‒ 체력 향상: 근력이 10%, 지구력은 최대 20% 향상된다. 또한 낮은 체력 군에서는 고혈압, 고혈당, 비만 등의 건강지표 20% 개선되는 효과를 보인다.

‒ 기분장애 개선: 우울증 50% 개선

‒ 수면 효율(수면 시간/입면에 들어가는 시간) 개선

‒ 인지기능 개선: 인지기능 4% 향상, 경도인지 장애(MCI) 34% 개선

- 무릎 관절 통증: 50% 개선
- 골다공증: 골밀도 2~4% 개선, 요추 0.9%, 대퇴골 두부 10% 증가

운동하기 싫어서 억지로 한 경험은 누구나 한 번쯤 있습니다. 그럼에도 운동하고 나면 기분이 좋아지는 이유는 운동으로 인해 분비되는 세로토닌과 도파민, 엔도르핀 덕분입니다. 이러한 행복 호르몬은 불면증과 우울증은 물론 정서와 정신 및 신체 질환 전반에 관여합니다. 걷기 싫어도 일단 나가면 나머지는 발과 함께 움직이는 뇌가 책임집니다. 일단 운동화부터 신으세요.

두 번째.

누구나 알지만
아무나 하지 않는다

잠 못 자도 괜찮아

잠 못 자도 괜찮다고 자신을 다독이며 이야기해 보셨나요? 하루 이틀은 견딜 수 있지만 고착된 불면증으로 일상생활에 지장이 생기면 잠 못 자도 괜찮다는 이야기는 나오지 않을 뿐만 아니라 누군가 그런 이야기를 하면 때려주고 싶은 마음이 들기도 합니다.

어떻게 괜찮을 수 있을까요? 무엇보다 소중하고 간절한 잠인데요. 하지만, 그렇기 때문에 괜찮다고 이야기할 필요가 있습니다.

'잠 못 자도 괜찮아.'

하루 이틀 정도 뜬눈으로 밤을 지새워도 괜찮습니다. 저는 수면제를 줄이고 끊으면서 정말로 일 년 가까이 잠을 자지 못했습니다. 눈꺼풀이 내려오고 눈에서 눈물이 흐르고 시려서 눈을 뜨는 것도 힘들었지만 잠이 들지 않아서 정말 미칠 것만 같았습니다. 게다가 여러 금단증상 때문에 혹시나 잠들었다 큰일 날 것 같은 두려움에 더욱더 잠을 잘 수 없었습니다. 몹시 힘들고 괴로웠지만 아무도 이해하지 못하고, 할 수 없다는 사실에 더욱더 누렵고 외로웠습니다.

그러다 내면에 평화가 조금씩 찾아오고 몸과 마음이 단단해지면서 처음으로 있는 그대로의 나를 수용할 수 있었습니다.

'이런 모습의 나도 괜찮아, 다른 사람이 인정하지 않아도 괜찮아, 힘내지 않아도 괜찮아.'

지난 시간에 대한 후회와 아픔, 현재의 고통까지 모두 괜찮다고 다독이고 또 다독였습니다. 저 자신을 충분히 다독이고 나서 지옥 같은 밤마다 이야기했습니다.

'잠 못 자도 괜찮아, 오늘 하루 못 자도 괜찮아.'

'어제까지 못 잤다고 오늘, 내일도 잠들지 못한다는 법은 없어, 그리고 또 못 자면 어때? 하루만 못 자도 죽을 듯이 힘들어서 죽는 줄만 알았는데 이렇게 살아 있는 걸.'

두 번째.

매일 밤 되뇌었습니다.

'잠 못 자도 괜찮아, 오늘 하루 못 자도 괜찮아.'

제 목표는 오늘 단 하루 잘 자는 것이 아니었습니다. 7년간 복용하던 수면제를 끊으며 지독한 불면과 금단증상으로 고통을 받고 있지만 이 시기가 지나면 잘 수 있다는 사실을 믿었습니다. 끔찍한 자살 충동이 지나갔고 공황장애도 서서히 좋아지고 있으니 잠 역시 회복될 수 있다고 믿었습니다. 아무것도 하지 않은 채 시간이 지나면 잘 수 있다는 막연한 기대가 아닌 매일 할 수 있는 것에 집중해서 실행하고 있으니 때가 되면 결실을 맺으리라 믿었습니다. 언제 결실을 맺을 수 있을지 알지 못해서 답답하지만, 그럴수록 제가 할 수 있는 과정에 충실한 것이 최선이었습니다. 지금은 결과가 아닌 과정이라는 사실을 새기고 또 새겼습니다. 결과를 위한 과정에서 오늘 하루 못 자는 것은 큰 문제가 아니었습니다.

'잠 못 자서 어떡해? 오늘 밤 못 자면 내일은 또 어떡하지?'와 '잠 못 자도 괜찮아, 오늘 하루 못 자도 괜찮아'가 주는 에너지는 전혀 다릅니다. 불안과 두려움은 더 큰 불안과 두려움을 끌어당기지만, 평안과 믿음은 믿음을 현실로 구현하는 씨앗이 됩니다.

지금은 끝이 아닌 과정입니다. 과정이 주는 고통은 고달프지만 과정 없는 결과는 없습니다. 오늘 하루 못 자도 괜찮다고 다독이는 그 말 한마디가 편안함을 선사합니다. 잠을 부르는 것은 불안과 두려움이 아닌 편안함입니다.

사소한 편안함, 괜찮다는 말이 주는 힘은 결코 사소하지 않습니다.

온전한 수면을 위해 마음을 잠재우기로 했다.

운동, 수면위생, 식습관 관리, 규칙적이고 건강한 생활을 하고 있음에도 불면증으로 고생하는 경우가 있습니다. 딱히 문제 될 만한 것 없는 이상적인 생활에도 왜 불면증으로 고생할까요?

눈이 감기고 대부분의 의식 활동이 멈춘 신체 상태를 잔다고 생각하지만 신체만 잠들어서는 온전히 잘 수 없습니다. 잘 수는 있지만 마음의 활동이 함께 잠들지 않으면 자다 깨거나 입면이 어려워서 숙면을 취하기 힘듭니다. 몹시 피곤하고 지쳐서 누우면 바로 곯아떨어질 것 같은데도 잠들지 않아서 답답하고 고통스러운 밤을 보낸 적이 있으신가요?

몸은 잠과 휴식을 몹시 원하는데 참 이상한 일입니다. 그 이유는 신체와 달리 마음은 여전히 활동 상태로 잠들 준비가 되지 않았기 때문입니다. 마음이 잠들지 않은 상태에서는 숙면을 취하기 어렵습니다. 뇌가 각성되었다는 표현은 뇌 자체뿐만 아니라 마음에도 초점을 맞추고 있다는 사실을 기억해야 합니다.

뇌와 마음은 다른 개념이지만 뇌의 여러 신경전달물질의 변화에 따라 생각과 감정이 움직이고 하나의 상태로 나타나는 것처럼 몸과 마음, 뇌는 유기적으로 연결되어 있습니다. 마음이 안정되면 실제로 뇌의 각성도가 감소되어서 수면에 영향을 미치게 됩니다.

언제 마음이 편안하고 이완되는지 떠올려 보세요. 사람마다 다르지만 명상, 심호흡, 집중과 몰입, 감정 일기와 감사 일기 작성 같은 방법이 있습니다. 이 중에서 할 수 있는 것부터 하나씩 시도해 보세요.

명상은 마음을 한 곳에 집중하며 내면의 나를 만나는 것으로 반드시 가부좌나 정 자세를 취하며 하는 것이 아닙니다. 종교적인 의미로 명상을 발달시킨 인도와 달리 현재의 명상은 종교와 관계없이 온전한 나 자신을 만나는 매우 효과적인 방법 중의 하나라고 할 수 있습니다.

자기 전 편안한 자세로 수면 유도 음악이나 명상 음악을 틀어 놓고 천천히 심호흡을 하면서 편안히 잠든 내 모습, 나를 힘들게 하는 것들이 해소된 것을 떠올리며 집중해 보세요.

이때, 떠오르는 이미지와 감정을 오롯이 느끼고 바라보는 것이 중요합니다. 이미지나 감정 자체에 사로잡히는 것이 아니라 거리를 두고 관찰자로서 내면의 욕구와 감정을 바라봅니다. 한두 번으로 효과를 느끼기는 어렵지만 매일 밤 자기 전 나만의 루틴으로 숙면에 대한 갈망과 집착이 아닌, 숙면에 대한 욕구와 느낌 자체와 연결되는 경험을 통해 종잡을 수 없이 뛰놀던 마음이 가라앉는 것을 경험할 수 있습니다. 짧은 순간의 경험이지만 반복되는 경험을 통해 수면을 유도하는 뇌의 시상하부를 실질적으로 활성화시킬 수 있습니다.

건강, 행복, 수면, 성공은 외부에 있지 않습니다. 나에게 주도권이 있음을 인식하고 사소하지만 의미 있는 행동을 매일, 꾸준히 실행할 때 원하는 결과를 얻을 수 있습니다.

명상, 변화는 안으로부터 시작된다

명상은 불면증과 불안 및 우울 완화에 매우 효과적이지만, 오랜 기간 잠을 자지 못한 상태에서 명상을 권유받으면 반감이 생길 수 있습니다.

'피곤해서 앉아 있기도 힘든데 무슨 명상이야?'

'명상으로 잠이 오고 불안이 가신다면 누가 이렇게 고생할까?'

우리는 보이지 않는 것에 대해 존재 자체를 부정하는 경향이 있습니다. 눈에 보이는 수면제와 의사, 병원은 믿지만 보이지 않는 내적 변화와 보이지 않는 것의 힘은 믿지 않습니다. 명상의 효과 역시 믿지 않는 경우가 많습니다.

저 또한 오랜 기간 명상에 대해 불교와 힌두교에서 하는 종교적 행위, 종교적 진리를 깨닫기 위한 수행, 가부좌 자세로 해야하는 힘든 것이라는 선입견과 오해를 갖고 있었습니다.

하지만, 그동안 제가 매일 새벽마다 하는 묵상이 일반적으로 이야기하는 명상과 일맥상통한다는 사실을 알게 되었고, 걷기 역시 명상으로 활용하고 있다는 사실도 깨닫게 되었습니다.

이처럼 명상은 어렵고 힘든 것이 아닙니다. 마음을 한곳에 모아 평온과 평안을 주는 방법, 본연의 나 자신에게 집중할 수 있는 모든 방법을 의미합니다.

물론 명상으로 현실 자체에 즉각적인 변화가 일어나는 것은 아닙니다. 명상은 본연의 나 자신과의 깊은 연결을 통해 내면의 에너지를 변화시키고 그러한 변화를 통해 외부의 나를 변화시키는 과정입니다. 외부의 내가 변화한다는 것은 무슨 의미일까요? 바로 생각과 행동의 변화를 뜻합니다.

사람은 변하지 않는다는 말이 있습니다. 절대적이지는 않지만 그만큼 변화하기 힘들다는 의미입니다. 하지만 명상은 외부로부터의 강요와 억압이 아닌 본연의 나로 살고자 하는 근원적인 욕구와 순수함으로 진정한 변화를 가능하게 합니다. 내 생각과 행동이 변화하면 주변 역시 예전과 다르게 반응하며 현실 세계에 변화가 일어납니다. 보이지 않는 내면이 변화할 때 눈앞의 현실이 변화할 수 있습니다.

숙면 심상화는 불안과 불면 완화에 큰 도움이 되었다

모든 명상은 스트레스와 불안, 우울, 불면증에 효과가 있습니다. 하루 중 언제, 어느 때라도 자신만의 방법으로 할 수 있습니다.

저는 주로 오후에는 걷기 명상을 하고 새벽에는 기도와 묵상을, 밤에는 심상화를, 그리고 시시때때로 명상을 합니다. 의도적으로 시작했으나 이제는 생활의 일부로 자리했습니다.

수면제를 끊으며 거의 일 년간 잠을 자지 못할 때 제 감정과 마음을 깊이 들여다보게 되었습니다. 불면증은 잠의 문제가 아닌 잠 이상의 내적 문제라는 사실을 인식하며 감정 일기를 작성했고 그 효과는 놀라웠습니다. 감정 일기는 치유와 회복의 열쇠가 되어서 지금도 매일 작성합니다.

감정 일기를 통한 치유와 회복은 명상을 접목하면서 더욱 큰 효과가 나타났다는 사실을 깨닫고 불안, 특히 불면으로 인한 불안에 이 방법을 적용했습니다.

1. 현재 자신이 느끼는 감정을 그대로 바라보고 떠올립니다.

잘 시간이 다가오자 잠을 자지 못할 것 같아서 초조하고 불안한 상태

→ 지금 나는 불안함, 초조함, 속상함, 두려움을 느끼는구나.

2. 이 감정을 느끼는 내게 필요한 욕구를 찾아봅니다. 불안과 초조, 속상함과 두려움이 어디에서 야기되었는지 찾습니다.

자신을 보호하고 싶은 욕구, 잠과 휴식, 마음의 안정과 안전, 평화를 원하지만 채워지지 않아서 느끼는 감정입니다.

→ 자기 보호, 잠과 휴식, 편안함, 안정과 안전, 평화, 안심이 필요하구나.

3. 2번에서 찾은 욕구가 나에게 중요하다는 사실을 인식합니다.

→ 자기 보호, 휴식과 잠, 편안함과 안정, 안전, 평화, 안심이 나에게는 중요하고 소중하구나.

4. 찾은 욕구 중에서 보다 핵심적인 욕구를 2~3가지로 간추립니다. 생각이 아닌 몸과 마음이 직관적으로 반응하는 욕구를 따릅니다. 이때

찾은 핵심 욕구가 중요하다는 사실을 인식합니다.

→ 자기 보호, 편안함과 안정이 나에게는 중요하고 소중하구나.

5. 편안한 자세로 눈을 감고 4번에서 찾은 핵심 욕구가 충족되었던 때를 떠올리거나 떠오르지 않는다면 충족되었다고 상상합니다.
과거에 자기 보호, 편안함과 안정이 채워진 때를 떠올리고 만약 생각 나지 않는다면 이러한 것들이 채워진 상태를 상상합니다.

6. 상상에 따라 떠오르는 이미지와 색상, 소리, 몸의 반응을 충분히, 천 천히 경험하며 느낍니다.

→ 밝게 빛나는 햇살, 아이들의 웃음소리, 편안한 침대와 따스한 벽난로….

자신만의 이미지와 함께 오감을 활용해 충분히 그 상황을 경험 합니다. 또한 심상화에 반응하는 몸의 반응을 세세히 느낍니다.

식은땀이 나고 헛기침이 나올 수도 있고 머리가 가벼워지고 목과 어깨의 힘이 빠지고 호흡이 느려질 수 있습니다. 긴장하고 있는 턱관절과 어깨의 묵직함 또는 이완을 느낄 수도 있고, 머 리가 아프거나 배에서 소리가 날 수도 있습니다. 정답은 없기 때문에 오감과 몸의 반응을 깊이 느끼는 것에 집중합니다.

7. 천천히 눈을 뜨면서 심상화 전과 후의 몸과 마음의 상태를 인식합니다.

두 번째.

처음 몇 번으로 변화가 느껴지지 않는 것은 자연스러운 현상입니다. 변화의 수치를 볼 수 없으니 믿기 어려운 것도 사실입니다. 또한 초반에는 어색함과 낯섦 때문에 오히려 긴장감이 느껴질 수 있지만 새로움을 거부하는 뇌의 전략이니 원하는 것에 초점을 맞추어 꾸준히 반복합니다.

반복은 익숙하게 자리한 불안에서 벗어날 수 있는 가장 효과적인 방법입니다. 매일 잠자리에 들기 전 하나의 루틴으로 만드는 것이 중요합니다.

익숙한 불안을 물리치기 위해서 필요한 의도적인 경험

매일 긴장과 불안이 일상화되면 무엇을, 어떻게, 왜 하는지에 대한 인식이 저하되고 그로 인해 점점 더 무기력해지기 마련입니다. 불안과 두려움이 오랜 기간 지속되면 의지적으로 생각하고 행동하는 것 자체가 불가능한 일종의 마비 상태로 살게 됩니다. 마비된 상태에서 하는 생각과 행동은 온전한 내 것일까요? 아니면 불안에 따라서 나도 모르게 하는 습관적인 행동일까요?

머릿속에 떠오른다고 모두 내 생각은 아닙니다. 대부분은 흘려보내면 사라지는 생각이지만 불안이 지속되면 불필요한 생각까지 모두 붙잡으려고 합니다.

무심결에 하고도 왜 이런 행동을 했는지 납득하기 힘든 경험을 한 적이 있으시지요? 불안의 노예가 되면 원하는 생각과 행동이 아닌, 무익하고 해를 입으면서도 불안을 유지하는 생각과 행동을 무의식적으로 반복합니다.

그래서 의식적으로 잠 이면에 숨어있는 욕구가 충족된 상태, 더 바라거나 부족함이 없는 상태에 대한 의도적인 경험은 반드시 필요합니다.

"서도 잘 자서 일상이 편안하고 무탈하고 싶어요."

"예전에는 정말 잘 잤어요. 그런데 그런 걸 떠올린다고 달라질까요? 매일 잘 자던 때가 그리워서 시도 때도 없이 생각나는데…. 생각하니까 더 속상한데요?"

'숙면해서 잠 걱정 없는 사람들은 좋겠다, 예전에는 걱정 없이 잘 잤지. 그때가 좋았지'라는 막연한 부러움과 아쉬움은 내면의 나와의 연결을 막을 뿐만 아니라 잠과의 거리도 멀어지게 합니다. 지금도, 앞으로도 나는 잠과 거리를 둘 것이며, 나는 잠을 못 자는 사람이라는 인식을 전제로 하기 때문입니다.

반면에 잠이라는 표면적 반응 뒤에 숨겨진 욕구를 인식하고, 욕구가 충족된 상태를 몸과 마음이 충분히 경험하는 심상화는 스스로 원하는 것과 나아갈 방향을 알려주는 나침반의 역할을 한다고 할 수 있습니다. 잠은 드러나 있는 일차적인 욕구입니다. 잠 뒤에 숨겨진 진정한 욕구와 소통할 때 몸과 마음을 온전히 공감할 수 있습니다.

또한 심상화는 잠이 아닌 불안과 거리를 두고, 언제든지 잠을 잘 자는 사람이라는 내적 결단과 함께 결단이 실현된 상태를 경험하게 합니다.

경험하지 않으면 온전히 체화하기 힘들기 때문에 경험에 경험을 입히는 작업은 반드시 필요합니다. 불안이 습관화된 뇌에게 불안이 아닌 이완을 선택하고 뇌가 아닌 내가 원하는 방향으로 전환시키는 경험이자 훈련이 숙면 심상화입니다.

어쩌다 생각날 때 가끔 하는 것을 훈련이라고 하지 않습니다. 힘들어서 하기 싫고, 믿어지지 않아도, 어떤 상황에서도 매일, 꾸준히 하는 것이 훈련입니다. 의도성을 갖고 의식적으로 훈련할 때 무익한 익숙함에서 벗어날 수 있습니다.

편안함은 진정한 연결과 공감에서 왔다

밤마다 씨름하는 나에게 가장 필요한 것은 불면과 불안을 거스른 실제적인 공감이다.

행동 습관 이야기

휴식, 편안함, 이완, 홀가분함, 평화와 여유, 안전. 단어만 봐도 마음 한켠이 아리지 않으신가요? 불면과 씨름하며 잊은 소중한 단어입니다. 너무나 소중하기에 불안과 두려움이 더 크게 찾아온 것인지도 모릅니다.

공감과 이해, 배려와 존중, 소통, 연결. 이 단어를 보니 어떠신가요? 고통스러운 불면의 밤, 겪어보지 않으면 도저히 이해할 수 없는 밤에 대한 온전한 공감과 이해가 얼마나 필요하신가요?

불면의 밤을 겪으며 혼자만의 고통과 불안이 아닌 다른 사람과의 연결 속에 공감과 이해를 원했다는 사실이 새롭게 다가오지 않으셨나요? 걱정 없이 단잠을 자는 사람에 대한 부러움과 속상함, 밤마다 홀로 겪는 외로움에 더욱 고통스럽지 않으셨나요?

내면의 욕구와 연결된 경험은 누군가에게 그토록 받고 싶던 공감입니다. 내면의 욕구에 대한 존중과 배려, 있는 그대로 받아들이고 함께 느끼는 경험이 바로 자기 돌봄과 공감입니다.

공감은 해결 방법을 주지 않습니다. 같은 방향을 바라보며 함께 있는 것이 공감입니다. 해결책을 주지 않지만 공감 받는다는 사실만으로 회복과 치유가 일어납니다. 불안과 불면 뒤에 있는 욕구의 자리에 어떠한 판단과 개입 없이 함께 거하며 느끼는 것이 바로 공감입니다.

두 번째.

스스로 공감할 때 외부에서 공급된 공감과는 비교할 수 없는 자생력과 사랑이 싹틉니다. 어떠한 상황에서도 스스로 공감하는 사람에게 불가능은 없습니다. 천천히 눈을 감고 불안과 잠 뒤에 숨겨진 진정한 욕구와 만나는 경험을 해보세요. 본연의 나와 연결될 때 잠과 불안은 물론 모든 집착에서 벗어날 수 있습니다.

"도움 되니까 말씀하신 건 아는데 심상화 뭐 이런 걸로 좋아질 불면증 같으면 진작에 좋아졌어요. 수면 클리닉을 다니면서 심리 상담도 받고, 돈을 쏟아부었지만 생각만큼 잠은 오지 않았어요. 테니스도 한 달 정도 쳤는데 이건 너무 피곤해서 그만뒀어요. 결과적으로 이런 것을 하기 전보다 조금 덜 깨는 건 맞는데 여전히 자리에 누우면 한두 시간은 지나야 간신히 잠이 들어요. 그러다 얼마 지나지 않아서 깨요. 그런데, 감정 일기를 쓰고, 게다가 명상 같은 걸 하라고요?"

유명한 수면 클리닉을 다니고 심리 상담도 받았지만 A의 불면증은 생각만큼 좋아지지 않았습니다. 시간과 돈을 버렸다는 생각에 불신만 깊어졌습니다. 불면증의 저주로 평생 고통받을 운명이라고 체념하던 A는 7년간 복용하던 수면제를 끊고 잠은 물론 행복하게 산다는 제 인터뷰를 보고서 마지막이라는 심정으로 연락을 했습니다.

A는 자기 관리에 철저하고 성공을 인생 최대의 목표로 삼았습니다. 무능하고 비효율적인 사람과 시스템에 질색하며 일 잘하는 능력자로 인정받았지만 그럴수록 잘해야 한다는 책임감에 압박을 느꼈고 최근 들어 아이디어가 반짝이는 후배를 마주할 때마다 말할 수 없는 위기감을 느꼈습니다. 하지만 전혀 내색하지 않은 채 후배에게는 칭찬을 아끼지 않았고 회의에서는 사람 중심의 직장 문화를 제안하는 이중적인 태도를 보였습니다.

"다른 사람 이야기라면 귓등으로 넘길 텐데 선생님 말씀대로 오늘 배운 것처럼 하루 2~30분 정도 자기 전에 해볼게요."

한 달 후 A의 표정은 한결 밝아졌습니다.

"솔직히 뭐가 어떻게 된 건지 잘 모르겠지만 명상을 하고 나면 마음이 가벼워져요. 그래서 잠에 대한 불안이나 두려움이 가라앉고 답답함 없이 침대에 누울 수 있게 되었어요.

잠자리에 눕는 게 고문 같았거든요. 아시죠, 그 느낌? 처음 일주일은 솔직히 집중이 잘되지 않았고 제가 찾은 욕구가 채워진 때를 떠올리니 억울함이 올라와서 당황스러웠어요. 더 긴장되는 것 같았어요. 그래도, 매일 하기로 약속해서, 전 약속을 지키는 사람이니까 어쨌든 매일 했죠.

그런데 일주일 정도 지나고 나니 불안과 초조함, 두려움 뒤에 숨어있는 욕구를 찾아보다가 어렸을 때 유독 저를 예뻐하신 할머니가 떠올랐어요. 할머니네 시골집, 시골집 강아지, 따뜻함, 편안함, 옥수수 같은 거요. 그것들이 저에게 중요하다는 인식을 하는 순간 눈물이 흘러서 엄청 당황스러웠지만 신기하게 마음이 편안해졌어요. 이게 말씀하신 자기 공감인가보다 싶었죠.

그러고 나니 똑같은 침대인데 침대가 전보다 덜 두려워졌어요. 그동안 너무 앞만 보고 달렸다는 생각이 들면서 좀 편하게, 천천히 살고 싶어졌어요. 이런 생각은 한 번도 한 적이 없는데요. 이번 주말에는 웨이트 트레이닝이 아닌 교외로 드라이브 가려고요."

나는 온라인 커뮤니티에서 어떤 영향을 받고 있을까?

잠이 오지 않고 불안이 몰려올 때 무엇을 하시나요? 대부분 스마트폰에서 비슷한 증상을 겪는 사람들을 찾아 정보를 얻고 증상을 공유합니다. 특히 비슷한 목적을 갖고 익명성이 보장되는 온라인 커뮤니티에 의지하는 경우가 많습니다.

검색만 하면 24시간 언제, 어디서든 원하는 정보를 손쉽게 얻을 수 있는 시대에 산다는 것은 커다란 축복입니다. 하지만 과다한 정보로 인해 더 큰 스트레스를 받거나 우울과 불면이 야기

되기도 합니다.

제가 수면제를 끊으며 힘들어할 때 심리 상담 원장님께서 이런 말씀을 하셨습니다.

"온라인에 커뮤니티가 있지 않을까요? 비슷한 분들이 있으면 도움받을 수 있을 거예요."

수면제를 복용할 때는 한 번도 약에 대해서 찾아보지 않다가 수면제를 끊으며 처음으로 졸민zolmin이 무엇인지 찾아보았고 정보를 알게 되자 더 큰 절망감과 무력감을 느꼈습니다. 졸민을 안다고 달라지는 것은 아무것도 없었습니다. 오히려 알면 알수록 위험성과 부작용이 주는 공포와 두려움에 사로잡혀서 더 큰 불안이 가중되었습니다. 그래서 졸민을 단약하고 스틸녹스와 큐로켈, 환인 클로나제팜을 끊으면서도 단약 후반부에 찾아보았고 집중적으로 공부한 것은 모든 수면제를 끊은 후였습니다.

심리 상담 원장님의 말씀을 듣고 온라인 커뮤니티를 몇 번 둘러보았지만 좋아진 사람은 찾아볼 수 없었고 불면증이 호전되거나 특히 수면제를 끊고 원하는 일상을 사는 사람의 글은 단 한 개도 보지 못했습니다. 오히려 커뮤니티에서 조차 누가 더 우울하고, 잠을 못 자고 고통스러워하는지, 누가 어떤 약을 얼마나 더 많이 복용하면서 괴로운 시간을 보내고 있는지가 대부분인

글에서 공감과 이해보다는 비교와 단절을 느낄 수 있었습니다.

자신보다 더 힘든 사람이 없음을 증명하고 싶은 필사적인 몸부림, 본질이 아닌 증상과 감정에 짓눌려 자신을 증명하고 인정받기 위해 급급한 모습을 온라인 커뮤니티에서 보게 되었습니다. 불안과 우울, 두려움에 자신을 맡긴 사람들은 고통 속에서도 인정과 관심을 갈구했고 그들이 전가하는 부정적인 생각과 감정에 동요되고 싶지 않아서 어떠한 커뮤니티에도 가입하지 않았고 더 이상 찾아보지 않았습니다.

물론 온라인 커뮤니티에서 긍정적인 영향을 받을 수도 있습니다. 무엇이든 절대적인 것은 없습니다. 다만 그동안 온라인 커뮤니티에서 어떤 영향을 받아왔는지 다시 한번 생각해 보면 좋겠습니다.

불면증을 앓는다고 모두가 동일한 형태를 보이지 않습니다. 내 증상은 다른 사람들과 다른 나만의 증상이며. 복용하는 약 역시 나를 위한 약으로 비교의 대상이 아닙니다. 잠 못 이루는 밤의 절박함과 고통은 겪어보지 않으면 알 수 없습니다. 호되게 겪은 사람으로서 깊이 공감하고 이해합니다. 그렇기 때문에 다른 사람이 복용하는 약, 다른 사람의 증상과 고통을 비교하며 자신을 더 큰 불안과 고립으로 몰아넣지 않기를 진심으로 바랍니다.

온라인 커뮤니티에서 어떤 정보를 얻을 수 있을까?

온라인 커뮤니티에서 어떤 정보를 얻고 싶으신가요? 가능하면 획기적이고 참신하며 그동안 알지 못한 마법 같은 방법, 힘든 과정이 필요치 않고 즉각적인 효과를 나타내는 방법을 얻고 싶으신가요?

우리 마음은 대부분 비슷합니다. 저 역시 애써 노력하지 않아도 빠른 효과를 나타내는 방법을 원했고 그 기준에 수면제만큼 딱 들어맞는 것은 없었습니다. 사막의 오아시스이자 생명의 은인 같은 존재가 바로 수면제였습니다.

잠이 오지 않는 두려움과 불안에 떨다 커뮤니티에 들어가면 어떤 정보가 눈에 들어올까요?

'○○ 영양제를 먹었더니 꿀잠 자게 되었어요. ○○ 침구와 보조 기구로 바꿨더니 입면이 빨라졌어요. 어디에서도 효과를 못 봤는데 ○○ 요법을 했더니 곯아떨어졌어요. ○○으로 전 정말 효과 봤어요.' 딱히 믿어지지 않아도 이런 문구를 보면 마음이 동요됩니다. '혹시나 효과 있을지도 몰라, 이 사람도 효과 봤다니까 속는 셈 치고….'

이성적인 판단은 마비되고 입증되지 않았지만 빠른 효과를 준다는 약과 제품, 민간요법과 검증되지 않은 여러 방법에 혹할 수밖에 없습니다.

당장 효과가 나타나지 않는 수면위생, 건강한 식습관 및 일상 관리, 운동, 내면 돌보기에 대한 가치는 평가 절하됩니다. 다른 사람과 다른 나만의 특별한 불면증은 누구나 아는 구태의연한 방법으로 좋아질 수 없다는 강한 확신이 듭니다. 결국, 지푸라기라도 잡아보자는 심정에 이것저것 구매하고 시도하지만 기대와 다른 결과는 실망과 함께 불안과 무력감을 선사합니다.

익명성이 보장된 온라인 커뮤니티에는 양질의 정보도 존재하지만 간절함과 절박함을 악용해 이익을 추구하려는 사람들의 그릇된 정보도 존재합니다. 일반적인 상황이라면 충분히 논리적으로 판단할 수 있지만 절박한 순간에는 이성이 마비되기 마련입니다.

간절함과 절박함이 클수록 원칙과 정도가 아닌 일확천금과 같은 요행을 바랍니다. 더 빨리, 더 손쉽게 벗어나고 싶은 마음이 가득합니다. 절박함의 노예가 되어 실수와 실망을 반복하는 자신을 한심해하거나 책망하지 마세요.

힘든 상황에서 누구나 자연스럽게 드는 마음입니다. 밀어내거나 부정하지 말고 온전히 인정하고 수용해 주세요.

'내가 이렇게 힘들고 절박하구나.'

변화를 이끌어내기 가장 좋은 에너지는 결핍으로 인한 절박함과 간절함입니다. 이 소중한 에너지를 어떻게 사용하면 좋을까요? 온라인 커뮤니티에서 검색할 시간에 스마트 폰을 덮고 일어나 걸을 수 있습니다. 감정 일기와 감사 일기를 작성할 수 있습니다. 다른 사람과의 직접적인 연결과 소통에서 공감과 위로를 받고 싶으면 전문적인 상담을 받거나 친구를 만날 수 있습니다.

온라인 공간이 주는 유익함은 있습니다. 그러나 진심으로 이 상황에서 벗어나고 싶다면 현재 내가 살아 숨 쉬며 존재하는 현실의 공간에서 실제적인 행동을 하는 것이 원하는 결과를 얻기 위한 가장 빠르고 효과적인 방법입니다.

불면증 최고의 치료제를 찾을 수 있었다.

생각보다 많은 분들이 수면제를 줄이거나 끊을 때 당황스러워합니다.

"수면제를 줄이니까 잠을 못 자서 너무 힘들어요. 원래 그런가요? 불면증 때문에 힘든데 어떻게 하면 좋을까요?"

그동안 불면증 치료가 되지 않았다면 수면제를 줄이거나 끊을 경우 잠을 자지 못하는 것은 당연합니다. 그동안의 잠은 수면제로 인한 거짓 잠이지 진짜 잠이 아니기 때문입니다. 이것으로 확실히 알 수 있습니다.

두 번째.

'수면제는 불면증 치료제가 아니다.'

수면제는 불면증으로 힘든 몸과 마음을 일으킬 최소한의 에너지를 위한 거짓 잠을 유도하는 약일 뿐, 그 이상도 이하도 아닙니다. 필요한 상황은 분명히 있지만 수면제는 치료제가 아니라는 사실을 기억해야 합니다.

불면증은 수면제가 아닌 '노력'으로 치료됩니다. 그리고 노력에는 크게 두 가지가 있습니다.

신체적인 노력

낮의 활동, 운동, 수면위생 준수, 규칙적인 일상생활, 양질의 식습관

정서적인 노력

불안과 우울처럼 불면증을 일으킨 원인에 대한 감정적 직면과 해소, 자기 공감과 자기 돌봄, 명상과 숙면 심상화

정서적인 노력에는 세부적으로 코칭과 상담처럼 다른 사람에게 도움을 받는 방법이 있고, 감정 일기와 감사 일기 작성, 명상과 숙면 심상화처럼 혼자서 할 수 있는 방법이 있습니다. 나에게는 어떤 방법이 필요하고 보다 효과적일까요?

노력의 범위가 광범위해 보인다고 지레 겁먹거나 포기하지 말

고 하나씩 차근차근 지금 당장 가능한 것부터 실행해 보세요. 저도 처음에는 한 발자국, 밥 한 숟가락, 물 한 모금, 한 줄의 읽기와 쓰기로 시작했습니다.

즉각적인 효과는 나타나지 않지만 백 퍼센트 안전하고 확실하게 보장할 수 있는 최고의 치료법입니다. 7년간의 불면증과 8개의 수면제, 그리고 수면제 금단증상을 극복한 것은 어떤 약이나 특별한 방법이 아니었습니다.

매일 꾸준히 시간과 에너지를 들인 나의 노력이 최고의 불면증의 치료제입니다.

필요한 것은 지식이 아닌 실행이다

불면증 치료, 불면증 완화, 불면증에 도움 되는 식품, 수면제 종류, 수면제 부작용, 수면위생⋯.

불면증이 생기면 대다수가 불면증에 관한 정보와 지식을 찾고 검색합니다. 불면증 환자의 경우 불면증과 수면제에 대해서 의사나 약사 못지않은 지식을 갖고 있는 경우도 상당합니다.

다이어트에 관한 지식이 많다고 다이어트에 성공하고 원하는 몸매와 건강을 갖게 될까요? 성형 수술에 관한 지식과 정보가 많다고 스스로 성형 수술을 해서 아름다워질 수 없고 축구에 관한 지식과 정보가 많다고 꿈에 그리던 월드컵에 출전할 수 없습니다. 지식과 정보의 양에 비례해 호전되는 불면증이 아닙니다. 선무당이 사람 잡는다는 말처럼 불안과 두려움에 더해진 많은 지식은 압박과 스트레스를 가중시키는 경우가 대부분입니다. 불안과 스트레스, 공포를 가중시키고 불면증을 악화시킬 의도가 아니라면 멈춰야 합니다. 의사나 약사가 되고 싶은 것이 아니라면 수많은 지식을 쌓는 이유가 무엇인지 본질을 떠올려야 합니다.

방대한 지식으로 호전될 불면증이라면 이미 좋아졌어야 합니다. 잠시잠깐의 위로나 불안을 쫓기 위한 전략에서 벗어날 필요가 있습니다. 진정한 위안과 불안에 대한 궁극적인 해결을 뒤로한 채, 지식의 늪에서 허우적거리는 자신을 구할 사람은 오직 나 자신입니다.

'핵심은 지식의 부족이 아니다.'

지식은 선택의 기회를 부여하며 새로운 도전을 일으키는 변화의 기반입니다. 하지만, 많은 지식을 쌓았음에도 변화가 일어나지 않았다면 무슨 이유 때문일까요? 핵심 지식이 부족하기 때문일까요?

지식이 내가 되고, 내가 지식이 되는 유일한 방법은 실행입니다. 블록은 블록 하나로 완성되지 않고 기초부터 하나하나 블록을 쌓았을 때 완성되는 것처럼 지식 역시 꾸준한 실행을 통해 완성됩니다. 지금까지 불면증이 호전되지 않은 것은 결코 지식의 부족 때문이 아닙니다.

저는 수면제에 대한 아무런 지식 없이 약을 줄이기 시작했고, 수면제가 주는 부작용과 금단증상을 알게 될수록 커지는 두려움과 공포 때문에 더 이상 찾아보거나 공부하지 않았습니다. 지식이 축적될수록 증상이 호전되고, 더 나아가서 온전한 자유를 누릴 수 있을 것 같지만 현실은 그렇지 않습니다.

지식을 쌓을 기회는 언제든지 있습니다. 지금 필요한 것은 지식의 양과 종류가 아닙니다. 불면증과 수면제, 또는 여타의 지식과 정보를 쌓는 본질을 기억하세요. 박사나 학자가 되기 위한 것이 아닌 변화를 원한다면 바로 지금 이 순간 실행해야 합니다. 지식 자체는 아무런 변화를 일으키지 못합니다. 필요한 것은 지식이 아닌 실행입니다.

이름을 불러주기 전에는 하나의 몸짓에 지나지 않았지만, 이름을 부르자 꽃이 되었다는 김춘수 시인의 시, '꽃'처럼 일상에 있는 평범한 진실을 믿고 실행하세요. 고민하고 의심할 시간에 믿고 실행하세요.

두 번째.

알고 있는 지식만으로 뜻한 바를 이루거나 성공한 경우는 없습니다. 지식을 믿고 실행할 때 나만의 지혜가 됩니다.

불면의 밤에서 완전히 벗어났다는 증거를 찾았다

"앞으로도 계속 이렇게 잠을 잘 잘 수 있을지 솔직히 걱정돼요."

"요새는 입면도 빨라지고 자다 깨는 것도 덜한데 불면증이 정말 좋아진 걸까요?"

"여행 가서도 잘 자고, 돌아와서도 일주일 넘게 잘 자는데 문득 불면증이 확실히 나은 건지 알 수 없어서 좀 답답해요."

어떻게 불면증이 나은 것을 알 수 있을까요? 잠만 잘 자면 벗어난 것일까요? 의사에게 불면증 완치라는 진단을 받으면 될까요?

안타깝지만 그렇지 않습니다. 원하는 잠을 자면서도 끊임없이 잠에 대한 걱정과 고민, 불안의 끈을 놓지 못한다면 여전히 불면증의 노예라는 의미입니다. 잠을 잘 자고 있음에도 잠의 노예라니 이상하다고 생각할 수 있습니다.

잠의 존재를 인식하지 않을 때 불면증에서 완전히 해방되었다고 할 수 있습니다. 잠에 대한 불안, 공포, 두려움이라는 감정을 느끼지 않을 때, 불면증에서 벗어났다고 할 수 있습니다.

잠을 잘 자게 되면 잠을 의식하거나 두려움을 갖지 않을 것이라고 생각하지만 의외로 그렇지 않습니다. 우리의 몸과 마음은 자극에 반응하고 무자극 상태에서는 반응하지 않습니다. 하지만 무자극 상태가 존재할 수 있을까요?

현재 숙면한다면 불필요한 자극에 반응하지 않고 반응해야 할 자극과 그렇지 않은 자극을 구분하는 편안하고 안정된 상태라고 할 수 있습니다. 상상만 해도 행복한 꿀잠은 불필요한 자극에 미동하지 않는 편안하고 안정된 상태입니다. 이러한 수면은 낯설고 새로운 경험입니다. 세상의 모든 자극에 반응한 불면의 밤과는 다릅니다. 편안함과 이완이라는 새로운 경험을 또 다른 자극이 아닌 있는 그대로 온전히 받아들일 수 있는 시간이 몸과 마음에 필요합니다.

무의식은 불안과 초조함에 익숙한 상태입니다. 무의식의 적응 속도는 의식의 적응 속도와 다를 수 있습니다. 하지만, 불면증으로 인한 불안과 초조함에 적응한 것처럼 편안하고 안정적인 상태 역시 얼마든지 익숙해질 수 있습니다. 그때까지 믿고 기다리면 됩니다.

건강한 사람은 몸의 존재를 느끼지 않고 생활합니다. 통증과 가려움, 어떤 종류의 불편함도 느끼지 않고 생활할 때 건강하다고 표현합니다. 불면증에서 온전히 벗어난 사람 역시 잠이라는 존재를 인식하지 않습니다. 인식의 필요성을 아예 느끼지 못합니다.

불면의 밤으로 생각지 않은 몸과 마음의 습관이 내재되었다는 사실을 기억하세요. 불안과 초조함에 익숙한 나머지 숙면에 필요치 않은 익숙함을 쫓고 있는 것은 몸과 마음의 주인인 내가 아닌 뇌의 속삭임입니다.

불면으로 시달린 과거가 아닌 꿀보다 달콤한 잠을 자는 현재와 미래를 선택하고 집중하세요.

내 삶을 이끌어가는 것은 몸과 마음의 주인인 나 자신이지 잠도, 뇌도 아닙니다. 삶의 주도권을 온전히 갖고 오세요. 선택은 나에게 있습니다.

하루 이틀의 수면 상태나 과거의 익숙한 습관에 연연하지 않고 스스로 선택하고 실행할 때 불면증을 딛고 삶의 주인으로 우뚝 설 수 있습니다.

생각대로 다이어리

(생각한 대로 행동하는 나의 삶)

날짜 : _____

목표 : _____

_____

오늘 기상 시간 : _____   어제 취침 시간 : _____

오늘 스마트 폰을 켠 시간 : _____

오늘 스마트 폰을 끈 시간 : _____

스마트 폰을 사용한 총시간과 사용 횟수 : _____

_____

운동의 종류/시간/햇빛 유무 : _____

_____

취미 & 기타 활동 : _____

[아침]

나는 목표에 달성하고 싶은 이유를 명확히 알고 있으며
목표에 달성할 수 있음을 확신한다.

_____

나는 나의 목표에 도달하기 위해 가장 적절한 환경을 설정했다.

_____

오늘 내가 설정한 환경은

_____

오늘의 금정 신념 확언

목표에 더 가까이 가기 위한 오늘의 구체적인 실행 (최대 세 가지)

1. _____

2. _____

3. _____

[저녁]

하루에 단 한 가지만 실행해도 일 년이면 365가지를 실행한다.

오늘 세운 계획을 잘 실행했나요?

오늘 세운 계획	0	1	2	3	4	5
1						
2						
3						

하루를 보낸 나의 감정

1. 오늘 후회, 실망했거나 가장 기분 좋지 않은 사건(감정)은 무엇인가요?
   왜 좋지 않았나요?

_____

2. 오늘 스스로 뿌듯하고 가장 기분 좋은 사건(감정)은 무엇인가요? 왜 기뻤나요?

_____

3. 오늘 배운 것은 무엇인가요? 어떤 상황을 통해 성장할 수 있었나요?

_____

4. 오늘 내가 느낀 핵심 감정은 무엇인가요?

_____

오늘의 감사

나는 _____ 에 감사합니다.

왜냐하면, _____

_____

_____

_____

세
번
째,

감정 수집 이야기

나는 나를
사랑할까?

내 감정의 중심에 존재하는 것을 찾기로 했다

평소에 누구에게 가장 많은 사랑과 관심을 쏟고 계신가요? 막연하게 느껴지면 내 시간과 에너지, 돈의 종착지를 떠올려 보세요. 배우자, 자녀, 부모, 연인, 친구, 직장 동료와 상사 중 누구인가요?

가장 많은 사랑과 관심을 쏟아야 할 대상은 다른 사람이 아닌 바로 '나 자신'입니다. 이 사실을 모르는 사람은 없지만 현실은 그렇지 않습니다. 대부분 자녀와 부모, 직장 상사, 친구에게 소중한 시간과 에너지를 사용하며 스스로 뒷방 늙은이를 자처하고 있습니다. 물론 현실을 무시할 수는 없습니다. 나를 희생하고 헌신해야 할 때, 일에 매진하고 다른 사람을 집중적으로 돌봐야 할 때가 있습니다. 하지만 그 사이에서 가장 소중한 내가 방치되어 힘들어한다면 어떻게 해야 할까요? 누가 힘들고 지친 나를 돌볼 수 있을까요?

나의 행복은 내가 평가한다

오늘 하루를 찬찬히 돌아보세요. 어떤 상황에서 가장 즐겁고 기쁘고 편안했나요? 어떤 상황에서 가장 힘들고 속상하고 불편했나요? 내 감정의 중심에는 무엇이 존재할까요?

어린 시절부터 판단과 평가에 익숙한 나머지 우리는 내가 아닌 남의 시선으로 끊임없이 자신을 비교하며 평가합니다. 평가라는 인식조차 하지 못한 채 평가하고 또한 평가받기를 원합니다.

미용실에 가서 헤어스타일에 변화를 주고 나면 어떤 생각을 하시나요? 내 만족을 넘어서 사람들의 관심과 인정을 기대합니다. 누군가 "새로 한 스타일 예쁘네, 잘 어울려" 같은 말을 해주기 바랍니다. 그래서 때로는 알아차리지 못하는 상대방에게 서운해하기도 합니다. 예쁘고 잘 어울린다는 말은 상대방의 지극히 주관적인 평가임에도 자신이 원하는 평가를 상대방에게 받기를 원합니다.

긍정적인 평가를 받으면 안심하고 기뻐하며, 부정적인 평가를 받으면 자책하거나 상대방을 원망합니다.

평가로 이루어진 삶에서는 다른 사람보다 부족해 보이는 자신을 있는 그대로 받아들이고 사랑할 수 없습니다.

눈에 보이는 결과와 가치에 절대성을 부여하면 알게 모르게 자신을 비롯한 모든 사람에게 저마다의 등급을 부여합니다. 자신보다 뛰어난 사람은 2등급, 부족한 사람은 7등급처럼 모든 사람을 등급별로 나누어 꼬리표를 부착합니다.

그렇다면, 나는 몇 등급인가요? 직장 동료와 친구는 몇 등급일까요?

우리에게 등급은 존재하지 않습니다. 그럼에도 질문에 따라 등급을 매겼다면 이미 평가와 판단에 익숙해져 있다는 의미입니다. 하지만 실망할 필요는 없습니다. 우리 모두가 갖고 있는 고유성과 독창성을 회복할 때 있는 그대로의 자신을 사랑하고 진정한 연결을 통해 타인을 수용하고 사랑할 수 있습니다.

나를 사랑하고 관심을 기울이지 않으면 감정은 에너지이기 때문에 외부로 흐릅니다. 내 안에 충만해야 하는 사랑이 외부로 흐르면 어떻게 될까요? 몸과 마음의 이곳저곳에서 결핍의 신호가 나타납니다.

사랑은 존재 자체에 대한 수용입니다. 우리 모두는 본연의 모습으로 사랑받기에 충분합니다. 성적, 직업, 경제력, 외모, 학벌을 비교할 필요도, 이유도 없습니다. 나는 내 존재로, 다른 사람은 그 사람만의 존재로 반짝이는 별이며 사랑받기에 충분합니다.

무엇이 다르고 싶었을까?

왜 다르고 싶었을까?

내 삶이었으나 나는 사라지고 타인만이 가득했다. 제아무리 열심히 일해도 노예의 소득은 주인에게 속하는 것처럼 주인 없는 삶 속에서 타인의 기준, 타인의 모습, 타인의 성공에만 맞추어 열심히 살았으니 지친 몸과 마음만이 나를 기다렸다.

내가 없는 삶에 나의 부재를 모르는 사람들이 던지는 위로는 내 것이 아니었다.

위로조차 내 소유가 될 수 없는 삶에 자리한 타인들을 위해 사용할 힘은 더 이상 남아 있지 않았다.

《나는 수면제를 끊었습니다》, 89~90쪽

내 삶의 기준은 어디에서 왔을까요? 고유한 가치관과 정체성을 존중한 나만의 기준인가요, 다른 사람들이 좋다고 해서 삼은 남의 기준인가요? 다른 사람과 비슷해지려고 노력할수록 본연의 나는 사라지고 내 삶에는 타인만 가득합니다.

감정 습관 이야기

아는 만큼 사랑한다

모르는 사람을 사랑할 수 있을까요? 외계인, 적도 근처에 사는 이름 모를 부족, 아무런 정보 없이 처음 만난 사람을 사랑할 수 있을까요? 사랑은 아는 것에서 시작합니다. 알아야 공감할 수 있고. 공감을 통해 사랑할 수 있습니다. 전 세계 박스 오피스 1위를 기록한 영화 아바타의 남녀 주인공은 행성을 개발하기 위해 침투한 자와 행성을 지키기 위해 맞서는 자로 적과 같은 관계였습니다. 하지만 서로에 대한 공감과 이해를 통해 연인으로 발전했고 두 사람을 쏙 빼닮은 아이들까지 낳아 부모가 되었습니다.

이처럼 사랑은 나를 알고 상대를 아는 지식을 토대로 합니다. 무지에서는 불가능하지만 지의 상태에서는 가능합니다. 공감은 과거와 현재에 대한 어떠한 평가와 판단 없이 나를 포함한 모든 대상을 있는 그대로 인정하고 수용하는 마음입니다.

집채만 한 파도가 밀려오는데 갖고 있는 것은 오직 튜브 하나밖에 없는 상황이라면 어떻게 해야 살아남을 수 있을까요? 튜브 하나로 파도에 맞서거나 도망치는 것은 불가능합니다. 순식간에 파도에 휩쓸려 버리기 마련입니다. 하지만 튜브를 타고 파도의 물살에 그대로 몸을 맡기면 살아남을 수 있습니다. 이처럼 파도의 흐름에 그대로 맡기는 것이 바로 공감입니다. 안간힘 쓰지 않고, 지금 이 순간의 나와 온전히 함께하는 것이 공감입니다.

공감 속에 싹튼 사랑을 의지적으로 선택할 때 사랑은 치유와 회복, 변화와 성장의 힘을 발휘합니다. 사랑은 주어질 때까지 기다리는 것이 아닙니다. 스스로 선택할 때 사랑할 수 있습니다.

언제 사랑받는다고 느끼시나요? 어떤 목소리, 눈빛, 말투와 행동에서 사랑을 느끼시나요? 사람마다 원하는 사랑의 방식은 모두 다릅니다. 김밥 한 줄을 싸더라도 들어가는 재료와 만드는 방법이 다른 것처럼 사랑의 방식은 매우 다양하고 개인적입니다. 또한 모든 방식은 그대로 존중받기에 충분합니다.

언제, 무엇을, 어떻게 할 때 사랑받는다고 느끼시나요?

저는 사람이 많지 않은 조용한 카페를 좋아합니다. 어둡거나 인위적으로 지나치게 밝지 않은 빛 가운데 잔잔한 재즈나 클래식 음악이 흐르는 카페에서 산미가 강하지 않은 고소한 디카페인 카페 라떼를 마시며 책을 읽을 때 편안함과 안정감을 느낍니다. 몸과 마음이 이완되면서 에너지가 채워지는 것을 느낍니다. 가끔은 묵직한 생크림이 올라간 아인슈패너를 마시며 디저트를 곁들일 때 몽글몽글 솟아오르는 행복과 사랑을 느낍니다. 좋아하는 공간에서 시간을 채우고, 시간이 공간을 채우는 조화에 하나의 정물처럼 나 자신이 어우러졌을 때 저에 대한 사랑을 온몸과 마음으로 느낍니다.

제가 만든 음식을 아이들이 맛있게 먹을 때 일상적인 요리를 통해 사랑을 주고받을 수 있음에 감격하며 사랑을 느낍니다. 아이들과 함께 웃고 떠들며 대화를 나눌 때 우리의 연결과 소통에 감사하며 행복, 자유와 편안함, 즐거움과 가득한 기쁨 가운데 충만한 사랑을 느낍니다.

걷기 시작하며 걷는 즐거움을 알게 되었습니다. 운동이라면 질색하던 제가 걷기를 통해 자연의 경이로움과 세상을 넓고 크게 바라볼 수 있는 시야를 선물로 받았습니다. 덤으로 단단한 몸과 마음의 근육도 얻었습니다. 때로는 느리게, 때로는 빠르게 걸을 때면 스스로를 이토록 사랑할 수 있다는 사실에 가슴 터질 듯한 감격과 충만한 사랑을 느낍니다. 필요와 원함을 인식하며 스스로 선택하고 실행하는 나에게 깊은 감사와 사랑을 표합니다.

사랑은 막연하고 어려운 것이 아닙니다. 상대로부터 받고 싶은 말과 행동이 있으신가요? 다른 사람에게 기대하지 말고 스스로 해주세요. 상대가 해주기를 바라는 말과 행동을 나 자신에게 해주세요. 따스하고 온화한 미소, 다정하고 친절한 말투, 반

세 번째,

짝거리며 빛나는 맑은 눈빛, 격려와 응원, 칭찬과 긍정의 메시지를 누군가 해주기만 바라지 말고 세상에서 가장 소중한 나, 오직 하나뿐인 나에게 해주세요.

거울을 보며 미소 짓고, 응원의 말을 하고, 산책을 하고, 나만을 위한 소박한 요리를 만들어 보세요. 다른 사람이 주는 사랑보다 더 크고 강력한 사랑이 자기 사랑입니다. 우리 모두는 존재 자체로 사랑받기에 충분합니다.

사랑은 구체적이고 실제적인 행동입니다. 소중한 시간과 에너지, 돈을 어디에 사용하고 계신가요? 시간과 돈이 흐르는 방향을 살펴보세요. 종착지에 있는 사람은 누구인가요? 다른 사람에게 향한 시간과 돈의 화살을 나에게 옮겨 보세요. 24시간 중 30분, 단돈 1000원도 충분합니다. 짧은 시간과 작은 금액으로도 얼마든지 나를 사랑할 수 있습니다.

비록 얼마 되지 않은 시간과 금액이지만 우선순위만큼은 무엇보다 최우선으로 두어야 합니다. 여기에는 눈에 보이지 않지만 가장 소중한 시간과 눈에 보이는 것 중 가장 귀한 돈의 주체가 나라는 사실, 어떤 소중한 것보다 자신을 사랑하고 귀하게 여긴다는 의미가 담겨 있습니다.

우리는 보이지 않는 것은 믿지 않습니다. 존재하고 있음에도 보이지 않는다는 이유로 존재 자체를 부정합니다. 보이지 않는 사랑을 느끼기 위해서는 보다 적극적인 말과 행동, 시간과 돈이라는 구체성과 실체성이 필요합니다. 사랑하지만 내 말 한마디 제대로 들어주지 않는 가족과 사랑을 고백하면서도 소소한 선물 한 번 하지 않는 연인의 사랑이 의심스러운 것처럼 나에 대한 사랑 역시 행동으로 믿을 수 있습니다.

나를 사랑하면 할수록 자유로워집니다. 사랑은 자유를 동반합니다. 다른 사람에 의해서, 다른 사람을 위한 존재가 아닌 스스로 존재할 때 우리는 가장 아름답습니다. 나를 스스로 존재하게 하고 생명력을 부여하며 무한한 창조를 발휘하게 하는 시작과 끝은 오직 사랑입니다.

아무리 사용해도 없어지거나 부족하지 않는 진정한 화수분은 바로 사랑입니다. 주저하지 말고 마음껏 나 자신을 위해 사용하세요.

기대와 조건은 폭력의 다른 이름이었다

"너를 사랑하니까 이런 말 하는 거야."
"사랑하면 이 정도는 해야 하는 거 아니야?"
"다 너 잘 되라고 이러는 거야."

세 번째.

"이것도 안 하는데 어떻게 믿어?"

"네가 알아서 할 줄 알았지….''

사랑이라는 이유로 붙이는 조건과 알아서 해주기를 바라는 기대는 사랑이 아닌 폭력입니다. 우리 모두 알게 모르게 일상화된 폭력을 휘두르고 있습니다. 물리적으로 드러나지 않는 폭력은 드러난 폭력보다 막강한 파괴력을 지니고 있습니다. 가차 없이 권력을 휘두르지만 보이지 않기 때문에 그 힘을 측정할 방법이 없습니다. 그동안 내 안의 이기심과 욕구를 얼마나 교묘히 사랑이라는 이름으로 포장하고 있었나요?

사랑은 준 만큼 받는 거래가 아닙니다. 애쓰고 노력해서 얻는 것이 아닙니다. 사랑받기 위해 사랑받을 만한 자격을 갖춘 사람이 되고, 애써서 능력을 발휘하고, 변화를 일으켜야 한다면 사랑이라 할 수 없습니다.

사랑받기 위해 애쓰고 노력할수록 사랑은 폭력으로 변질됩니다. 더 이상 자신과 다른 사람에게 폭력을 휘두르며 정당화하지 않았으면 합니다.

폭력으로 상처받는 사람은 다른 사람이 아닌 나 자신입니다. 조건과 기대는 결코 나를 채울 수 없습니다. 기대만큼 좌절과 실망이 깊어집니다. 우리는 우리 자신으로 사랑하고 사랑받기 위해 태어났습니다. 더 이상 상대방의 눈치를 볼 필요가 없고, 눈치를 보도록 만들 필요도 없습니다.

혹시 그 모습을 사랑이라고 생각하시나요? 눈치 보는 상대방은 나를 사랑하는 것이 아닙니다. 사랑을 휘두른 사람도, 사랑에 굴복한 사람도 사랑을 도구화 했을 뿐, 두 사람 모두 사랑이 무엇인지 모릅니다. 상실에 대한 두려움으로 강요한 사람과 굴복한 사람만 존재할 뿐입니다. 사랑이라는 이름에 입혀진 강요와 굴복은 무엇으로도 정당화될 수 없습니다. 우리가 원한 것은 단지 사랑입니다. 강요와 굴복이 아닙니다.

사랑은 자유의 날개를 선사합니다. 어떠한 구속과 폭력도 사랑으로 미화할 수 없습니다. 다른 사람의 반응에 일희일비하지 않는 삶, 눈치가 아닌 배려하는 삶, 조건과 기대라는 폭력 대신 존재와 다름을 있는 그대로 수용하는 삶은 상대방이 아닌 이 순간에 존재하는 나의 선택에 달려있습니다. 있는 그대로의 나를 받아들일 때 두려움이 아닌 진정한 사랑이 시작됩니다.

자기 사랑의 의미를 깨닫고 실행한 것이 전부였다

나를 사랑해야 하는 것은 알면서도 나에게 하는 사랑을 떠올리면 피상적이고 막연해서 떠오르지 않습니다. 사랑하는 사람을 떠올리면 구체적인 행동과 방법이 떠오르지만 자기 사랑의 중요성은 공감하면서도 실현되지 않습니다.

왜 이렇게 막연할까요? 해본 적이 없기 때문입니다. 게다가 자신을 사랑하는 사람은 흔치 않기 때문에 보고 배우지 못했습니다. 사랑에 대한 무지, 무지로 인한 무실행이 사랑을 이토록 어렵고 막연하게 만들었습니다.

사랑하는 사람에게 어떻게 하는지 생각해 보세요. 상대방을 향한 내 진심어린 사랑을 온전히 표현하기 위해 노력합니다. 따스하고 다정한 말투와 목소리, 온화한 미소와 밝은 표정을 짓습니다. 사랑하는 사람의 건강과 행복을 위해 무언가 해주고 싶은 마음이 우러나오고, 그 마음은 행동으로 이어집니다. 정성껏 식사를 챙기고 취미생활과 운동에 참여하고, 여행을 가고 도시락을 준비합니다. 추운 날에는 장갑과 목도리를, 더운 날에는 시원한 음료와 모자를 준비하며 생일과 기념일을 축하합니다. 평소에 즐겨하지 않던 것도 함께 하는 데서 오는 즐거움과 기쁨을 통해 상대방의 행복이 나의 행복이 되고, 나의 행복이 상대방의 행복이 됩니다.

사랑의 대상만 변화시켜서 사랑할 때 한 행동을 나에게 해보세요. 처음에는 어색하지만 하면 할수록 익숙해집니다.

취미 생활, 운동, 건강한 식단, 좋은 습관, 배려와 존중, 연결과 소통, 즐거움과 기쁨, 행복은 상대방이 있을 때만 가능하거나 누릴 수 있는 것이 아닙니다. 사랑하는 사람의 건강과 행복을 바라며 했던 행동을 나를 위해 해보세요. 사랑은 쉽고 단순합니다. 내 삶의 주인인 나의 건강과 행복을 바라며 그에 맞는 행동을 하는 것이 사랑입니다.

제가 매일 운동하고, 건강한 식단과 좋은 습관을 유지하며 규칙적인 생활을 즐겁게 하는 이유가 바로 여기에 있습니다. 저는 제 몸과 마음의 건강과 행복을 진심으로 바랍니다. 그래서 그에 따른 행동을 합니다. 그것이 전부입니다.

"사랑하는 나의 건강과 행복을 위해 지금, 무엇을, 어떻게 할 수 있을까요?"

강요하는 삶에서
스스로 선택하는 삶으로

강요와 복종으로 뒤덮인 삶에서 벗어나기로 했다

사람마다 타고난 성향과 능력은 모두 다릅니다. 그래서 동일한 사건을 겪어도 누군가는 아무렇지 않고 누군가는 심리적 혹은 신체적 타격을 입습니다. 동일하게 제공된 급식을 먹고도 어떤 사람은 탈이 나고 어떤 사람은 아무렇지 않은 것과 마찬가지입니다. 눈에 보이는 신체 반응에는 수긍하면서 보이지 않는 '다름'에 대해서는 냉담하고 가혹하게 반응하지 않으셨나요?

'누구는 베개에 머리만 대면 자는데 난 잠도 제대로 못 자….'

'저렇게 잘 먹어도 살이 안 찌네. 난 물만 마셔도 살찌는데….'

'김 대리는 무슨 일을 하든 술술 잘 풀리네. 난 하는 일마다 꼬여서 속 터지는데… 내 인생에 좋은 일은 하나도 없어. 이번 생은 글렀어.'

우리는 내가 갖고 있지 않은 것을 갖고 있는 사람을 부러워합니다. 어떤 면에서 나보다 나은 점이 있는 것은 사실입니다. 하지만. 세상에는 나보다 우월하거나 부족한 사람만 존재하지 않습니다. 나보다 나은 점이 있는 사람이 있는 것처럼 나에게도 분명히 다른 사람보다 나은 점이 있습니다. 다만 그동안 세워놓은 획일적인 가치와 기준에 따라 부족함을 먼저 보기 때문에 가려서 보이지 않을 뿐입니다.

신체 반응이 다른 것처럼 마음의 반응 역시 모두 다릅니다. 우리는 갖고 있지 않은 결핍을 갖고 있는 풍요보다 크게 받아들여서 확대 해석합니다. 결핍은 성장과 성취의 원동력이며 동기를 부여할 수 있습니다. 하지만, 다름을 다름이 아닌 부족함과 모자람, 제거 대상으로 인식할 때 불행이 시작됩니다.

부족함과 모자람이라는 인식은 어디에서 출발했을까?

바로 비교입니다. 비교에는 기준이 필수요건입니다. 기준이 없으면 비교할 수 없습니다.

세 번째,

비교를 만드는 기준이 어디에서 왔는지 살펴봐야 합니다. 그동안 믿고 따른 기준은 내가 원한 기준일까요 다른 사람에 의해 만들어진, 다른 사람을 위한 기준일까요? 모든 사람이 다른 것처럼 일률적인 기준은 존재할 수 없습니다. 내가 원하는 나는 어떤 사람이고 어떤 삶을 살고 싶은가요? 평균적인 삶? 평범한 삶? 어떤 삶을 평균적이고 평범한 삶이라 할 수 있을까요?

'이번에 맡은 프로젝트는 꼭 성공시켜야 해.'

'시험에 반드시 합격해야 해.'

'그건 당연히 해야지.'

'그 사안은 절대로 양보할 수 없어.'

'애들 학교와 학원 라이드는 무조건 해야만 해.'

평소에 이런 말들을 얼마나 자주 사용하시나요? '반드시, 절대로, 꼭, 결코, 당연히, 무조건'이라는 단어는 우리를 구속하는 단어입니다. 자유를 구속하고 나답게 사는 삶에서 멀어지게 합니다. 언뜻 책임감을 부여하는 것 같지만, 책임감을 넘어서 강요와 그에 따른 복종을 요구하는 단어입니다. 강요와 복종으로 시작한 일의 성과와 부탁과 배려로 시작한 일의 성과는 질적으로 월등한 차이가 나타납니다. 업무 면에서도 차이가 나는데 삶 전체가 강요와 복종으로 뒤덮여 있다면 어떨까요?

강요와 복종에는 부정과 회피, 우울, 공격과 분노가 따릅니다.

현재의 나를 만든 나만의 기준과 생각은 잘못되거나 부족하지 않습니다. 다만, 기준에 절대성이라는 가치를 필요 이상으로 부여할 때, 고착된 기준과 가치 안에서 세상을 바라볼 때 불면과 우울, 갈등과 다툼 같은 문제가 일어날 수 있습니다. 스스로 만들어 놓은 견고한 성에서 탈출할 때는 바로 지금 이 순간입니다. 용기는 과거와 미래가 아닌 현재의 지금 이 순간에 필요합니다. 지금 이 순간 사랑하는 나 자신을 위해 용기를 발휘하세요. 모래로 쌓은 성은 아무리 견고해도 툭 치면 부서지는 모래라는 사실을 기억하세요.

내 삶은 스스로 선택한다.

'힘들어도 아이들 숙제만큼은 꼭 봐줘야 해.'
'다른 건 못해도 밥은 매일 해야지.'
'이번에 맡은 프로젝트는 기필코 성공시켜야 해.'
'이번 시험에 반드시 합격해야 해.'
'이 정도 도리는 당연히 하고 살아야지.'

해야만 하는 일상, 강요와 굴복으로 점철된 삶에는 자율성과 선택권이 사라집니다. 자율성과 선택권뿐만 아니라 생명력과 에너지마저 상실됩니다. 외부에서 온 강요는 분노를 일으키고,

스스로 만든 강요는 우울의 골짜기로 떨어뜨립니다. 어떤 성질의 강요든 불면과 우울, 소화불량과 통증 같은 신체적, 정서적 증상에서 자유로울 수 없습니다.

강요와 굴복을 갖고 온 말의 이면에는 무엇이 있을까요? 힘들어도 아이들 숙제를 꼭 봐주어야만 하는 이유, 매일 밥을 해야 하는 이유, 프로젝트를 기필코 성공시키고 싶은 이유, 시험에 반드시 합격하고 싶은 이유, 당연히 해야 하는 도리에 대한 이유는 무엇일까요?

무엇이 그토록 중요하고 소중한지 살펴봐야 합니다. 지키고 싶은 가치는 무엇인가요? 이루고 싶은 것은 무엇인가요? 그것을 왜 지키고 이루고 싶을까요?

아이들의 숙제를 봐줌으로 아이들의 성장과 성취, 그로 인한 인정과 보람을, 매일 집밥을 고수함으로 건강과 안전을, 프로젝트를 성공시킴으로 인정과 성취, 존재감과 성공을, 시험에 합격함으로 인정과 존중, 성취와 성장을, 도리를 다함으로 사랑과 배려, 연결과 소통, 보람과 인정을 얻고 싶은 사실을 알 수 있습니다. 이토록 아름다운 마음을 숨긴 채 자신을 옥죄는 강요와 굴복으로 나타난 사실이 안타깝습니다.

'반드시, 절대로, 꼭, 결코, 당연히, 무조건'이라는 강요 대신 중요한 것을 지키고 이루기 위해 그동안 알고 익숙하게 행해 온 방법 외에 다른 방법은 없을까요?

강요 이전에 드러나지 않은 아름다운 마음은 스스로 선택한 마음이라는 사실을 기억하세요. 원해서 선택했음에도 강요로 인해 자취를 감춰버린 선택권과 자율성을 부활시킬 때입니다. 소중하고 중요한 가치를 이루고 지키기 위해 어떤 방법을 선택하고 실행할 수 있을까요? 모든 선택은 온전히 나에게 있습니다.

도움을 받는 삶으로도 살기로 했다

다른 사람을 도와줄 때가 편하신가요, 도움을 받을 때가 편하신가요? 저는 도움을 받는 것, 정확히는 도움 받기 전 요청하는 단계에서 매우 불편함을 느꼈습니다.

'부탁해야 하나 말아야 하나… 이런 것까지 이야기하면 나를 뭘로 보겠어?'

사소한 도움은 사소해서 부탁하기 힘들었고 큰 도움은 큰 대로 부담을 느낄 상대를 배려해서 도움을 청하지 못했습니다.

'내가 이런 말을 하면 얼마나 부담스러울까? 그냥 이야기하지 않는 편이 나아.'

상대방은 배려할 줄 알았지만 정작 저 자신은 배려할 줄 몰랐습니다. 도움을 주기만 하는 사람도, 도움을 받기만 하는 사람도 없지만 상대방에 대한 배려라는 그럴싸한 미명 하에 스스로를 돌볼 기회를 번번이 놓쳤습니다. 하지만, 도움을 줄 때는 어떠한 불편함이나 부담감 없이 흔쾌히 도와주었습니다.

도움 받는 것이 왜 그리 힘들었을까요? 도움을 청할 때는 혼자서 해결할 수 없는 것을 부탁합니다. 언뜻 상대방에게 부족한 내 모습을 보여주고 싶지 않은 자존심 문제 같지만, 그 이전에 진정으로 원하는 것을 인식하고 자신에게 없는 것과 할 수 없는 것을 직면해야 합니다. 자신의 연약함과 부족함을 마주하는 과정에서 오는 고통은 필연적입니다. 내면의 고통은 외부에서 오는 고통보다 깊고 무겁습니다.

상대방에게 도움을 요청한다는 것은 결핍으로 인한 고통을 수용하고 승화시키겠다는 결단이자 도전입니다. 그렇기 때문에 하늘의 별을 따는 것보다 도움을 요청하는 것이 어려울 수 있습니다.

반면에 도움을 줄 때는 상대방이 할 수 없거나 갖고 있지 않은 것을 줄 수 있다는, 상대방보다 우위에 있다는 우월감이 작용하기 때문에 마음이 가볍습니다.

자신의 부족함과 연약함을 받아들이고 싶지 않아서 아예 요청 자체를 하지 않았다는 사실을 자각하고, 이것이 저를 돌보는 삶에서 멀어지게 한다는 사실을 인식하면서 조금씩 사소한 도움을 청하기 시작했습니다. 또한 제가 부탁하지 않았기 때문에 상대방과 연결될 기회를 갖지 못했다는 사실을 깨달을 수 있었습니다.

누군가를 도와줄 때 어떤 기분이 드시나요? 더러는 미래의 대가나 보상을 바라는 경우가 있지만, 대부분은 도와준 행위 자체에서 오는 기쁨과 만족, 감사함 외에 다른 것을 기대하지 않습니다. 누군가를 도와줄 때 어떤 기분이 드시나요? 어떤 대가나 보상을 바라고 도와주시나요?

나를 도와준 사람 역시 도움 자체에서 오는 순수한 기쁨, 만족, 기쁨과 감사로 이미 충분합니다. 우리 안에는 진심으로 돕고 기여하며 연결되고 싶은 근원적인 욕구가 있습니다. 다른 사람과 나 자신에게 도움을 청하는 것은 나를 돌보는 최소한의 예의이며 삶의 언저리에서 중심으로 나아가는 결단입니다.

마음껏 도움을 청하세요. 도움을 받아본 사람이 진정한 도움을 베풀 수 있습니다.

잠만 잘 자면 행복할 것 같은 착각에서 벗어나기로 했다

"다른 것은 다 필요 없어요. 잠만 잘 자면 소원이 없어요."

세 번째,

"잘 자는 사람이 세상에서 제일 부러워요."

"저는 부족한 게 없어요. 잠만 자면 행복할 거예요."

제가 빈번하게 듣는 말입니다. 저 역시 잠을 못 자서 불행하다고 생각했습니다. 잠만 잘 자면 활기찬 일상생활을 하고 더욱 더 건강하게 많은 일을 하면서 안정을 누릴 수 있다고 생각했습니다. 여러 이유가 있음에도 불행의 원흉은 불면증으로 귀결되기 마련이었고 수면제 없이 편안히 자면 삶의 질, 더 나아가서 행복이 보장된다고 믿었습니다.

수면이 삶의 질을 좌우하는 것은 사실이지만 어떤 경우에도 삶과 행복의 주도권은 자신에게 있다는 점을 기억해야 합니다. 불면증은 삶과 행복의 주도권을 빼앗기 위해 오지 않았습니다.

불면증이 생기면 고통스럽고 불편하며 삶의 질이 현저히 떨어지는 것은 사실입니다. 하지만 불면증과 행복은 별개의 문제입니다. 불면증으로 인해 불행과 불안, 두려움이 점점 더 커진다는 것은 행복을 이미 불면증에 넘겨주고 불면증의 노예가 되었다는 의미입니다. 잠에 종속된다는 노예 계약까지 마친 상태라고 할 수 있습니다.

'나는 잠을 자야만 행복해.'

계약서의 조항에 따라 잠은 삶의 주인이 되어 내 삶을 지배합니다. 잠이 없는 삶은 불행한 삶이라는 완벽한 공식이 성립되었습니다.

행복은 조건으로 충족되지 않습니다. 진정한 행복이 아닌 조건적 행복, 거짓 행복의 상태에서는 조건에 따라 모든 것이 좌우됩니다. 조건, 곧 잠이 삶 전체를 좌지우지하게 되지요. 잠이라는 조건에 따라 천국과 지옥을 오가기 때문에 시간이 갈수록 조건에 집착합니다.

집착은 사살을 있는 그대로 바라보지 못하게 하며 불안과 두려움을 몰고 옵니다. 불안과 두려움은 몸과 마음을 마비시키는 기능이 있기 때문에 불면-불안-무기력이라는 악순환에 빠지게 됩니다.

잠을 자지 못해도, 이런저런 요건이 충족되지 않아도 행복과 감사를 느낄 때 불면증은 사라질 수 있습니다. 불면증으로 유독 불안과 고통, 두려움을 느낀다면 행복의 의미에 대해 생각해 보세요.

내가 원하는 행복의 조건은 무엇인가요?

행복의 조건이 불행을 갖고 온다

'잠을 잘 자면, 다이어트에 성공하면, 시험에 합격하면, 직장에 들어가면, 좋은 성적을 받으면, 집을 사면, 애인이 생기면, 복권에 당첨되면, 결혼을 하면, 아이를 낳으면'처럼 저마다 생각하는 행복의 조건이 있습니다.

'취업을 못 해서 불행해, 취업만 하면 모든 게 술술 풀릴 텐데.'

원하는 조건이 채워지면 고속도로보다 넓고 빠른 행복의 대로가 펼쳐진다고 생각합니다. 행복의 조건이 채워지면 원하는 행복을 얻을 수 있을까요?

많은 사람들이 그렇듯 저 역시 건강과 수면, 부를 얻으면 행복할 줄 알았습니다. 행복의 조건에 조금 더 가까이 다가가서 하나둘 채워지면 분명히 기쁘고 행복했습니다. 하지만 채워진 속도에 비해 행복은 금세 사그라들었습니다.

가까스로 얻은 행복을 사라지게 놓아둘 수는 없었습니다. 행복을 붙잡고 싶었습니다. 그래서 때로는 행복을 얻기 위해 들인 노력보다 더 많은 수고와 노력을 기울여 붙잡고자 애썼습니다. 동시에 또 다른 행복의 조건을 채우기 위해 발버둥 쳤습니다. 더 많은 조건이 채워지면 더더욱 행복할 것 같았지만 현실은 그렇지 않았습니다. 걱정과 근심이 따랐고 강요와 억압에 행복은 자취를 감추었습니다.

행복의 조건이라고 생각한 것이 실은 불행의 조건일 수도 있습니다. 10억을 버는 것이 소원인 사람이 있었습니다. 그 사람은 열심히 일해서 그토록 바라던 10억을 벌었습니다. 10억만

벌면 다른 소원이 없을 것 같았는데 얼마 지나지 않아 이런 마음이 들었습니다.

'저 사람은 20억을 벌었다고? 나도 1억만 더 있으면 계획대로 투자할 수 있었는데… 처음부터 20억을 목표로 해야 했어. 하긴 20억으로 뭘 하겠어. 30~40억 정도는 있어야 꼬마빌딩이라도 사지….'

이내 10억은 더 이상 행복의 조건이 아닌 비교와 불행의 조건이 되었습니다. 잠시 잠깐의 만족이 사라지자 10억으로는 더 이상 행복할 수 없게 되었습니다.

승진만 하면 온 세상이 내 것이 될 것만 같던 사람도 막상 승진하고 나면 더 높은 직급이 부러워지고, 승진으로 얻은 자리를 지키고 직책에 걸맞은 사람이 되기 위해 많은 시간과 에너지를 쏟아야 합니다. 취미 생활이나 가족과 함께하는 시간이 부족해지기도 합니다. 승진으로 얻은 행복은 승진이라는 조건에 잠식됩니다.

동전에는 앞면과 뒷면이 있고 빛에는 그림자가 따라오듯이 조건의 충족으로 얻은 행복은 불행을 동반합니다. 조건으로 얻은 행복은 진정한 행복이 아닙니다.

행복은 결코 특별한 것이 아닙니다. 무덤덤하고 반복적인 사소한 일상에서 긍정적인 감정을 자주 느끼는 사람이 행복한 사람입니다. 복권에 당첨되고 시험에 합격한다고 행복해지지 않습니다. 주어진 일상에서 조건 없는 기쁨과 만족, 감사를 느끼는 삶이 행복한 삶입니다. 마음을 지키며 소소한 일상에 감사하며 성장하는 삶, 이것이 바로 행복입니다.

삶에는 반드시 한 면만 존재하지 않습니다. 무조건 좋은 것도 나쁜 것도 없습니다. 저는 불면증으로 오랜 시간을 고통받았고 수면제를 끊으며 모든 것을 잃은 채 죽음까지 맛보는 경험을 했지만, 그로 인해 진정한 행복과 감사를 깨닫고 원하는 꿈을 이루게 되었습니다. 불면증과 수면제 단약이 없었다면 현재의 저는 존재할 수 없었습니다.

무언가를 이루고 얻어야만 행복이 찾아올까요? 어떤 순간에도 무조건 행복을 선택하는 것이 진정한 행복입니다. 잠만 잘 자면 행복할 것 같으신가요? 잠을 잘 자면 금세 다른 이유로 불행해질 수 있습니다. 잠을 잘 자든 말든 삶과 행복에 흔들림이 없을 때 그토록 원하던 잠을 잘 수 있습니다.

'불면증과 관계없이 나는 행복하다.'

불면증을 만든 것도 나, 떠나보내는 것도 내가 할 수 있습니다. 지금 이 순간 조건 없는 행복을 선택하세요. 그리고 온전히 삶의 주인이 되세요. 불면증은 삶을 온전한 궤도로 바로잡기 위해 온 선물입니다.

감정 습관 이야기

불면과 우울을
다스리는 감정 코칭

일상의 감정이 중요한 이유를 살펴보기로 했다

평소 어떤 기분에 익숙하신가요? 이 질문을 드리면 자신의 기분을 이야기하는 경우도 있지만 시시각각 변하는 것이 기분인데 익숙한 기분이 있냐며 되묻는 경우도 있습니다.

맞습니다. 하루에도 시시각각 변화하는 햇살과 바람처럼 10분 전 까지만 해도 그늘이 드리웠던 마음에 언제 그랬냐는 듯이 밝은 웃음을 터뜨리기도 하는데 익숙한 기분이 있을 수 있을까요?

동일한 교통사고를 겪은 두 사람이 있습니다. 한 사람은 사고 이후 잠을 자지 못하고 불안과 무기력에 시달립니다. 반면에 다른 사람은 가볍게 넘기고 평소와 다름없이 생활합니다.

타고난 성향과 기질 때문일까요? 동일한 사건에도 어떻게 이런 큰 차이가 나타날까요?

평소에 유지하는 감정, 주로 느끼는 감정은 어떤 감정인가?

항상 즐겁고, 항상 불안하고 속상할 수도 없지만 곰곰이 생각해 보세요. 나는 주로 어떤 감정으로 말하고 행동할까요? 긍정적이거나 부정적인 감정을 떠나서 나에게 익숙한 감정은 어떤 감정인지 살펴보세요.

불면과 우울, 불안이 쉽게 찾아오는 사람은 긍정적인 감정보다 부정적인 감정을 익숙하게 여기는 경우가 많습니다. 어떤 사건이나 경험으로 인해 불안, 공포, 화, 분노, 슬픔 같은 감정을 느끼고 그러한 감정이 반복되면 익숙함을 최고의 생존 전략으로 판단하는 뇌의 특성에 따라 익숙한 감정을 유지하려고 합니다.

'나는 밝고 즐거운 감정으로 지내고 싶은데 어떻게 그럴 수 있을까?'

뇌는 의도보다 생존을 최우선으로 삼기 때문입니다.

그래서 유익하거나 원하는 감정이 아님에도 부정적인 감정이 기본 감정으로 자리할 수 있습니다. 무심코 지니게 된 수많은 습관적인 행동을 생각해 보세요. 대부분은 의도와 관계없이 나도 모르게 형성된 습관입니다. 뇌는 유익함의 여부와 관계없이 생존 보장을 최우선으로 삼습니다. 그동안 경험한 불안과 우울로 생존이 보장되었다면 굳이 생존에 도움이 될지 않을지 알 수 없는 새로운 행복, 만족, 기쁨 같은 감정을 선택하지 않습니다. 새로움은 뇌의 입장에서는 위험을 담보로 잡기 때문입니다.

기존의 질서를 뛰어넘고 거스를 때 변화할 수 있습니다. 그렇기 때문에 변화에는 많은 에너지가 필요합니다. 신체적 변화뿐만 아니라 보이지 않는 감정적 변화 역시 마찬가지입니다. 많은 에너지의 소모는 생존에 위협이 되기 때문에 뇌는 기존의 생존 방법을 유지하는 것이 가장 효율적이라고 판단합니다.

사서 걱정한다는 이야기 들어 보셨지요? 불안이 기본 감정으로 자리 잡으면 뇌에서는 지금까지 지내온 것처럼 불안해야 최소한의 안정과 생존이 유지된다고 여기기 때문에 끊임없이 걱정거리를 찾습니다. 버스나 지하철을 이용하는 사람과 달리 매일 롤러코스터로 이동하는 것이 일상이라면 어떨까요?

버스나 지하철을 타던 사람이 롤러코스터를 타면 롤러코스터가 주는 스피드와 스릴을 충분히 느낄 수 있지만 매일 롤러코스터를 타던 사람은 버스와 지하철에서 스피드와 스릴을 느낄 수 없습니다. 감정 역시 마찬가지입니다.

부정적인 감정이 기본으로 자리하면 일상의 잔잔하고 소박한 감정에 쉽게 반응하지 못합니다. 반응하더라도 이내 익숙한 불안과 우울로 돌아가게 됩니다. 사소한 일상의 아름다움과 감사, 삶의 소소한 면에 무뎌지고 자극이 큰 감정에만 반응하면서 극단적인 기쁨과 슬픔의 양극단을 오가게 됩니다. 감정의 롤러코스터에 익숙해지면 점차 일상적인 감정을 느끼지 못하는 것은 물론 필요조차 부인할 수 있습니다.

과거의 저 역시 일상에서 오는 기쁨, 만족, 즐거움을 온전히 느끼지 못했습니다. 오랜 기간 불안과 초조함, 상처와 고통에 익숙해져서 어느덧 불안이 기본 감정으로 자리했음에도 인식하지 못했습니다.

아이러니하게도 의식적으로는 부정적인 감정을 느끼지 않기 위해 최대한 억압했습니다. 감정을 느끼는 것 자체가 고통이었기 때문에 최선을 다해 억압하고 무시했습니다. 원치 않는 감정을 느끼며 고통받고 싶지 않았습니다. 하지만 감정 간의 유대와 연결은 견고했습니다. 원치 않는 감정을 억압할수록 원하는 감정 역시 느낄 수 없었습니다.

오히려 그토록 피하려고 애썼던 감정을 온전히 느끼자 자유를 누리게 되었습니다. 두려움과 불안, 우울과 외로움, 짜증이 몰려오는 순간마다 회피하지 않았습니다.

'나는 지금 불안하구나, 불안을 느낀다고 내가 불안 자체는 아니야. 이 불안은 어디에서 왔을까? 숙면과 편안함, 휴식, 안정과 안심하고 싶은 욕구에서 왔구나. 이렇게 불안해서 꼼짝 못하고 두려움과 외로움에 떨 정도로 나에게는 수면과 건강이 중요하구나. 수면과 건강이 이토록 중요한 건… 나를 보호하고 싶은 간절함 때문이었어.'

감정을 인식한 후 감정과 저 자신을 분리했습니다. 감정 일기를 작성하며 감정 뒤에 숨겨진 욕구를 찾기 위해 노력했고 작성한 내용을 소리 내어 말하며 감정과 욕구에 최대한 다가갔습니다.

자유를 얻는 방법은 단 한 가지입니다. 감정에 날개를 달아주세요. 원하는 감정, 원치 않는 감정, 긍정적인 감정, 부정적인 감정, 유익한 감정, 무익한 감정. 어떠한 꼬리표도 붙이지 말고 모든 감정을 온전히 누리고 느껴보세요.

행복과 불행, 기쁨과 불안 외에 일상에는 포근함, 훈훈함, 정겨움, 친근함, 경이로움, 산뜻함, 평온함, 들뜸, 개운함, 흐뭇함, 가벼움, 여유로움, 흡족함, 느긋함, 편안함, 홀가분함, 속상함,

허전함, 쓸쓸함, 허탈함, 지루함, 무료함, 지침, 오싹함, 울적함, 어색함, 찜찜함, 무기력함, 분함, 침울함, 짜증 나고 약이 오르는 감정처럼 다양한 감정이 있습니다. 모든 감정은 우리에게 주어진 일상에 깊이 새겨져 있습니다. 느껴지기를 기다리지 말고 먼저 감정에 다가가 느껴보세요.

불면과 우울을 다스리기 위해 감정 코칭을 시작했다.

오랜 기간 억압하고 억눌렀던 감정을 더 이상 그대로 둘 수 없었습니다. 누군가 감정의 시한폭탄을 해체해 주기 바랐지만 온전히 제 몫이었습니다. 더 이상 도망가고 억압해서 되지 않는다는 사실은 오랜 고통 끝에서 비로소 받아들일 수 있었습니다.

묵혀둔 감정을 창고에서 꺼내어 봉인 해제를 해야 할 시점이었다. 금단 증상이 좋아진다고 불면증이 사라질까? 금단증상은 불면증과는 엄연히 다른 문제였다. 수면제를 모두 끊어도 불면증이 남아 있을 확률은 사라질 확률보다 당연히 높았다. 딱히 불면증을 치료한 뾰족할 방법이 없는 상황에서 지금 당장 획기적인 도움이 되지는 않지만 불면증을 일으킨 감정을 정리하면 궁극적으로 좋아질 수 있다는 사실은 굳이 알려주지 않아도 알 수 있었다.

더 이상 두려워하지 말고 봉인을 해제하고 더 나아가 해체하기로 했다.

장 안에 쌓여 있는 묵은 짐들을 정리하려면 밖으로 끄집어내는 것이 우선이듯, 봉인한 감정도 밖으로 꺼내어 눈으로 직접 보면 수월할 것 같아서 글로 쓰기로 했다.

《나는 수면제를 끊었습니다》, 119쪽

시작은 가볍고 단순했습니다. 처음부터 내밀한 감정까지 접근할 용기는 없었기 때문에 매일 느끼는 감정부터 두려움과 선입견 없이 느끼기 위해 감정을 작성하기 시작했습니다. 양식과 형식 없이 하루의 핵심적인 감정에 집중했습니다.

그러다, ADHD주의력결핍과잉행동장애인 아이들과 다툼으로 인한 갈등과 화를 작성하면서 큰 깨달음을 얻을 수 있었습니다.

당연히 아이들이 원인이었다. 둘이 심하게 다투다 아무렇지 않던 나까지 화나게 만들지 않았나? 화내고 싶지 않았고 기분 좋게 당근까지 썰어서 갖고 갔는데 아이들이 내 계획을 망쳐버렸다. 매일 싸우는 아이들인데 뭐가 새삼스러울까? 정말 아이들이 문제였을까? 나름 합당해 보이는 화살을 아이들에게 돌렸지만 다른 날과 달리 왜 유독 화가 났는지 다시 곰곰이 생각해 보니 아이들 때문이 아니었다.

세 번째.

가장 큰 계획이자 목표였던 토끼에게 먹이를 못 주고 걷지 못한 것, 그리고 아이들이 기뻐하고 우리가 즐거운 시간을 보낼 것이라는 기대가 충족되지 않은 것, 결국 내 뜻대로 되지 않은 하루에 대한 서운함이었다. 누구에게도 말하지 않은 나의 계획과 목표, 이루어지지 않은 기대에 대한 서운함을 화로 표현했다.

서운함 때문이었는데 진짜 감정은 숨기고 원치 않았지만 뭔가 익숙하게 자리 잡은 다른 감정으로 표출한 것은 나였다. 미리 계획을 이야기하지 않은 채 아이들을 기쁘게 하고 싶었다. 그랬기에 아무도 내가 토끼에게 줄 당근을 가지고 함께 공원에 가려던 계획을 알지 못했으니 어찌 보면 당연한 결과였다.

막연히 기대한 것 역시 나였고, 아이들의 다툼을 핑계로 기분이 나쁘다며 걷지 않고 돌아와 내내 화내며 속상해한 것도 결국 나였다. 그런데 왜 나는 아이들을 탓하며 화내고 속상해했을까?

순전히 내 선택이었다. 아무도 내게 화내거나 속상해하거나 기분 나쁜 하루를 보내라고 강요하지 않았다. 스스로 아이들의 다툼에 영향을 받기로 선택했고, 충분히 걸을 수 있었지만 기분이 나쁘다는 이유로 걷지 않았고, 그에 따라 아픈 손으로 힘들게 썬 당근을 버리는 속상함까지 더해진 오후 역시 내 선택이었다. 어떤 외부적인 상황 때문이 아니라 백퍼센트 나의 선택으로 화가 난 하루를 보냈다.

《나는 수면제를 끊었습니다》, 117~119쪽

감정 일기를 작성하며 서운함과 속상함을 있는 그대로의 감정이 아닌 화로 표현하고 있다는 사실을 처음으로 깨달았습니다. 또한 아이들과 외부의 요인이 아닌 내면의 채워지지 않은 제 욕구를 화라는 감정으로 표출하는 방식에 익숙해져 있다는 사실도 알게 되었습니다.

더 이상 이렇게 지내고 싶지 않았습니다. 스스로를 진심으로 사랑하고 아이들 역시 진심으로 사랑하면서 화목하고 행복하게 살고 싶었습니다. 하지만 당장 할 수 있는 것은 거의 없었기 때문에 할 수 있는 감정 일기 작성에 집중했습니다. 감정 일기를 작성하며 숨어 있던 감정과 욕구를 객관적으로 바라볼 수 있었습니다. 형식에 구애받지 않고 일단 무조건 쓰는 데 초점을 맞추었습니다. 단 한 줄이라도, 욕을 써도 괜찮았습니다. 오직 매일 제 감정을 꺼내어 직접 보면서 알아가는 사실에 집중했습니다.

일상을 기록한 단순한 일기가 아닌 하루 동안 느낀 감정을 살펴보았습니다. 하루를 보내며 가장 속상하고 마음 아프거나 후회되는 일, 그다음에는 가장 기쁘고 행복한 일, 마지막은 감사로 마무리했습니다. 수면제를 끊으며 금단증상의 고통에 몸부림칠 때였으니 감사할 내용이 없을 만도 했지만 의도적이고, 의식적인 작은 감사를 통해 감사의 씨앗이 자라기를 바랐습니다.

감사는 우리 모두에게 주어진 능력입니다. 반복을 통해 더욱 더 개발한 사람, 그렇지 않은 사람이 있을 뿐입니다. 모든 능력은 사용하기 위해 주어졌습니다. 아름답고 소중한 능력을 다른 사람이 아닌 나에게 먼저 충분히 사용하세요. 지금 이 순간 발휘되는 감사를 통해 어제와 오늘, 내일의 삶이 변화합니다.

삶의 해답을 찾는 효과적인 방법을 알게 되었다

모두 다른 삶에서 내 삶의 정답을 알려줄 사람은 없습니다. 정답이 있으면 좋겠지만 삶은 정답이 아닌 나만의 해답을 찾는 과정입니다. 하지만 과정보다 빠른 답을 찾고 싶은 것이 솔직한 심정입니다. 지름길이 있으면 얼마나 좋을까요? 특히나 불면의 밤이 지속되고 몸과 마음이 지치면 불안과 초조함이 엄습하기 마련입니다.

삶의 해답을 찾기 위해 제일 먼저 필요한 것은 무엇일까요? 다른 사람의 일에는 냉철함과 객관성을 자랑하는 사람도 자신의 문제를 직면하면 짙은 안개가 자욱한 미로에 던져진 것처럼 어디로, 어떻게 발을 떼야 할지 난감해합니다. 답을 찾기 위해서 반드시 필요한 객관성과 판단력은 눈 씻고 보려 해도 찾아볼 수 없습니다.

어떻게 하면 객관성과 판단력을 찾을 수 있을까?

머릿속에 있던 생각과 감정을 글로 옮기는 순간 놀라운 두 가지 사실을 발견할 수 있습니다. 눈에 보이지 않던 대상을 실제의 공간으로 이동시킴과 동시에 눈에 보이는 것으로 실체화했다는 사실입니다.

공간 이동과 실제화는 새로운 객관성을 창조합니다. '쓰기'는 새로운 객관성을 창조하기 위한 밑그림입니다. 걸작으로 대대손손 칭송받는 작품도 밑그림 없이 탄생할 수 없습니다.

눈에 보이지 않을 때는 아무리 거리를 두려고 해도 되지 않습니다. 나와 감정이 분리되지 않아서 내가 감정인지, 감정이 나인지 혼란스럽습니다. 그래서, 화와 불안, 우울과 슬픔이라는 감정 자체를 자신과 동일시합니다. 거리두기가 되지 않은 혼돈 상태에서는 감정의 노예가 되기 쉽습니다.

가까운 친구와 가족 사이에도 서로의 거리를 존중하고 유지할 때 아름다운 관계로 지낼 수 있는 것처럼 나와 내 감정 사이에도 객관성을 확보할 거리가 필요합니다. 감정과 나를 분리하면서 객관성을 유지하는 방법은 이렇게 쉽고도 간단합니다.

하루의 감정을 돌아보고 작성하는 순간 감정은 사실적 관찰에 근거한 나만의 역사가 됩니다. 감정의 흐름에 끌려다닌 지난 시간과 달리 새로운 역사의 창조자로 자신에게 주어진 흐름을 주도하고 책임질 수 있습니다. 또한 하루에 느낀 감정을 살펴보며 감정의 움직임과 변화를 생생하게 마주할 수 있습니다. 앞날에 대한 방향을 설정하고 그에 따른 목표설정까지 가능합니다.

종이를 꺼내서 어떤 감정이든 써보세요. 어떤 사건으로 인해 마음이 아프고, 속상하고 지쳤을까요? 언제, 어떤 순간에 행복과 기쁨, 즐거움을 느꼈나요? 느낄 수 있는 모든 감정을 느끼며 작성해 보세요. 마음의 반응 외에 몸의 미세한 반응까지 충분히 느끼며 모든 감정을 작성해 보세요.

쓰는 만큼 자유로워질 수 있습니다. 쓰는 만큼 감정의 노예에서 벗어나 감정의 주인으로 살 수 있습니다.

감정 일기를 통한 셀프 코칭을 시작했다.

첫 시작은 매우 단순했습니다. 아무 형식 없이 오늘의 속상한 일, 기쁜 일을 작성한 후 감사 일기로 마무리했습니다. 매일 작성하며 이런저런 방식으로 변화를 주었고, 현재는 필요에 따라 여러 방식을 사용하지만 일반적으로 도움 되는 두 가지 방식을 소개합니다.

먼저, 감정 일기를 처음 작성하는 경우 접근하기 좋은 방식입니다. 매일 하나의 감정을 주제로 삼아 그것에 맞는 감정 일기를 작성하는 방법입니다. 사랑, 불안, 두려움, 화, 슬픔, 당황, 놀람, 행복, 외로움처럼 하나의 감정을 주제로 삼아 그에 맞게 작성합니다.

1. 나는 주로 언제 이러한 감정을 느끼나요?

2. 나는 오늘 이 감정을 느꼈나요? 느꼈다면 언제, 어떤 상황에서 느꼈나요?

3. 오늘 하루, 나의 핵심 감정은 무엇인가요?

일기를 작성하면서 매일 비슷한 감정만 작성한다는 사실을 깨달았습니다. 오랫동안 자리해서 기본 감정이 되어버린 불안, 화, 짜증의 연속이었습니다. 감정 일기를 작성하며 많은 것을 깨닫고 저를 객관적으로 바라보게 되었지만 문득, 부정적인 감정만 느끼며 헤어 나오지 못하는 자신에게 환멸을 느끼기도 했습니다.

매일 부정적인 감정만 느끼는 제가 한심했고 벗어나고 싶었지만 다른 감정의 존재 자체가 떠오르지 않았습니다. 원하는 감정을 느끼고 싶다고 억지로 느낄 수 없었지만 무엇보다 다른 감정을 느끼는 것 자체가 부담스럽고 두려웠습니다.

그래서 보다 쉽고 가볍게 접근하기로 했습니다. 아이들에게 읽어주던 감정에 관한 아동도서를 참고해 어린아이처럼 새롭게 배우기 시작했습니다. 매일 다른 감정을 주제로 삼아 그 감정에 대한 내용을 읽고 주제 감정에 맞게 일기를 작성했습니다. 월요일은 사랑, 화요일은 화, 수요일은 안심, 목요일은 외로움, 금요일은 만족, 토요일은 그리움과 같은 방식이었습니다.

주제 감정을 정하고 언제, 어떻게 이런 감정을 느꼈는지 찬찬히 떠올리며 지난 시간과 오늘 하루를 돌아봤습니다. 작성을 반복하면서 존재 자체가 희미한 감정이 여전히 살아있다는 사실에 놀라면서도 안도감과 감사함을 느낄 수 있었습니다. 모두에게 주어진 감정이지만 다양한 감정을 거리낌 없이 자유롭게 느끼기 위해서는 선택과 집중이 필요하다는 사실도 깨달았습니다.

감정을 기다리지 않고 제가 먼저 감정을 선택하면 집중할 수 있었습니다. 그래서 단 하루도 빼놓지 않고 작성했습니다. 나를 알아가고 창조하는 과정에는 충만함과 열정, 희망과 사랑이 함께 했고 그 시간에 집중할수록 다양한 감정을 온전히 느낄 수 있었습니다.

짜증을 주제로 작성한 감정 일기와 감사 일기

1. 나는 주로 언제 이러한 감정을 느끼나요?

소위 부정적인 감정이라고 말하는, 별로 탐탁지 않고 반기지 않는 감정의 원인은 크든 작든 내 뜻대로 되지 않을 때다. 결국 모든 것을 내 마음대로 하고 싶은 욕심과 통제가 주원인이다. 일상에서는 컴퓨터나 기계와 관련된 일로 시간이 오래 소요되거나 비밀번호를 잊고 다시 만들어야 할 때처럼 큰 의미 없이 반복적인 일을 할 때, 특히 몸이 힘들고 피곤할 때 여지없이 짜증이 난다. 피곤함과 몸의 불편함이 짜증으로 고착된 듯하다.

2. 나는 오늘 이 감정을 느꼈나요? 느꼈다면 언제, 어떤 상황에서 느꼈나요?

겨우 내내 자정 전에 잠을 자지 못하고 야근 같은 생활을 하면서 디카페인이 아닌 일반 커피를 마셨다. 맛과 각성효과 덕분에 마실 때는 좋았지만 점점 더 수면의 질이 떨어졌고, 수면 부족과 피로에 컨디션은 엉망진창이 되었다. 오후에 잠이 와서 고민하다 디카페인 커피를 마셨지만 디카페인으로 물러서지 않는 졸음과 피곤함에 짜증이 올라왔다. 잠시나마 눈을 붙이고 쉬고 싶었지만, 쉬면 일이 더 늦게 끝날 것 같아서 쉴 수 없었다. 휴식과 수면의 필요성을 알면서도 무시할 수밖에 없는 상황에 서글픔과 속상함도 느꼈다.

3. 오늘 하루 나의 핵심 감정은 무엇인가요?

피곤함, 짜증과 서글픔. 디카페인 커피를 마시고 오후 내내 잠이 깨지 않아서 멍하고 나른했다. 피곤에 절어서 빠질 듯 아픈 눈을 붙잡고 일하는 내 모습이 먹먹하고 서글펐다. 언제까지 이렇게 지내야 할까? 하지만 모든 길에는 끝이 있는 법, 원하고 선택한 길이니 본질을 잊지 말자.

감사 일기

학교에서 친구들과 즐겁게 지낸 이야기를 조잘조잘 떠들며 친구에게 문자를 보내는 아이의 모습에 눈물이 쏟아질 만큼 기쁘고 감사합니다. 학교에 가기 싫어서 아프던 아이, 친구에게 안녕이라는 말을 꺼내는 것조차 죽을 만큼 힘들어서 불안해하던 아이가 점심시간에 듣고 싶은 음악을 신청하고 친구와 스스럼없이 전화할 수 있을 정도로 마음이 단단해졌습니다.

다시 한번 기적에 대해 생각합니다. 일상에 주어져서 잊고 사는 모든 것들이 실은 기적인데, 기적을 느끼려 하지 않고 가치와 의미를 부여하지 않았더니 사라져 버린 것이 기적이었습니다. 기적을 놓치지 않고 잡고 누릴 수 있어서 진심으로 감사합니다.

물론, 주제 감정을 느끼지 못한 날도 있었습니다. 환희나 감탄, 경이로움 같은 감정을 느끼지 못한 날에는 아쉬움이 깃들었지만 감정에 편견을 갖지 않기로 했습니다. 긍정적인 감정과 부정적인 감정이라는 이분법적이고 제한된 사고에서 벗어나 다양한 감정의 존재 이유를 떠올렸습니다.

'나는 이 감정을 왜 느꼈을까? 이 감정이 의미하는 바는 무엇일까?'

틀린 감정, 부정적인 감정이 아닌 각각의 감정이 의미하는 바와 역할의 다름을 수용했습니다.

주제 감정 없이 감정 일기를 작성했다.

감정 일기 작성이 익숙해지고 주제 감정이 필요치 않게 되자 방식에 변화를 주었습니다.

1. 오늘 후회, 실망스러웠거나 기분 좋지 않은 사건(감정)은 무엇인가요? 왜 좋지 않았나요?
2. 나는 어떻게 반응했나요?

세 번째,

3. 만약 진심으로 하고 싶은 말과 행동을 하지 않았다면 앞으로 어떻게 반응하고 싶은가요?

4. 오늘 스스로 뿌듯하고 가장 기분 좋은 사건(감정)은 무엇인가요? 왜 기뻤나요?

5. 하루를 보낸 나에게 하고 싶은 칭찬과 격려는 무엇인가요?

태어나서 한 번도 제 감정을 이렇게 객관적이며 심도 깊게 바라보고 수용한 적은 없었습니다. 일기를 작성하며 하고 싶은 말과 행동이 있음에도 그동안 익숙하게 자리한 습관적인 말과 행동을 핑계로 온몸으로 변화를 거부했다는 사실을 알게 되었습니다. 익숙함은 유익함이 아니지만, 익숙하다는 이유로 익숙한 감정, 익숙한 말과 행동에 철저히 지배당한 채 진정으로 원하는 말과 행동을 하지 않았습니다.

진정으로 하고 싶은 말과 행동을 하기 위해서 새로운 변화가 필요하다는 것을 인식했고, 곧 변화를 선택하며 용기를 낼 수 있었습니다.

원하는 삶을 살기 위해 필요한 것은 무엇일까요? 특출한 재능과 여유로운 환경일까요? 주변 사람들의 지지와 응원일까요? 무엇보다 의도적이며 의식적인 삶이 필요합니다. 일상에 의미와

가치를 부여하면 내가 하는 말과 행동의 방식과 의도를 알아차
릴 수 있습니다. 기존의 말과 행동에서 벗어나 새로운 말과 행동
을 선택하고 반복할 때 새로움은 익숙함으로 자리합니다.

오랜 기간 자리한 부정적인 사고와 원망에서 벗어나 긍정적
인 사고와 열린 마음을 갖게 된 것에 특별함은 전혀 없습니다.
익숙한 과거로 돌아가지 않기 위해 매일 일기를 작성하며 새로
운 익숙함을 벽돌처럼 꾸준히 쌓은 것이 전부입니다.

나를 보호하는 방패이자 운명을 바꾸는 핵심 열쇠는 외부에
있지 않습니다. 오직 내가 매일 마주하는 일상에 있다는 사실을
기억하세요.

**1. 오늘 후회, 실망하거나 기분 좋지 않은 사건(감정)은 무엇인가요? 왜
좋지 않았나요?**

아침에 아이가 짜장밥에 들어있는 당근의 크기가 크다며 투덜거
리다 뱉었다. 어젯밤 늦은 시간에 짜장을 만드는 나를 보면서 엄
마 얼굴이 썩었다고 할 정도로 지쳤음에도 만들었다. 그런데, 맛
있게 먹기는커녕 투덜거리고 깨작거리다 뱉어 버리니 속상하고
언짢았다.

생각보다도 마음이 많이 상해서 이유를 곰곰이 생각했다. 과로와
수면 부족이 가장 큰 원인이었고, 그다음으로는 아이가 맛있게

먹으며 수고에 대한 인정과 공감, 감사를 표현해 주기 바랐기 때문이었다.

2. 나는 어떻게 반응했나요?

"네가 짜장을 먹고 싶다고 해서 만들었어. 네가 어젯밤에 엄마 얼굴을 보며 썩었다고 할 정도로 피곤한 상태에서 저녁도 제대로 못 먹고 만들었는데 그렇게 말하면 엄마 마음이 어떻겠어?

당근 크기가 네 마음에 들지 않을 수도 있지. 최대한 작게 자른다고 했는데 너무 피곤해서 더 이상 작게 자르기 힘들었어. 크기는 좀 커도 두께는 얇잖아. 당근뿐만 아니라 세상 모든 게 네 마음에 들 수는 없어. 그러면 네가 해서 먹어야지. 이럴 때는 마음에 들지 않아도 '엄마, 당근이 좀 커서 먹기 싫지만 엄마가 힘든데도 정성껏 만들어 주셨으니 오늘은 먹을게요. 다음에는 좀 더 작게 잘라주세요' 라고 말하면 좋겠어.

너도 피곤하지만 엄마도 너무 피곤하니 엄마 상황에 대해 이해해 주면 좋겠어."라고 했다.

글로 적으니 완전히 연결이 끊긴 대화는 아니지만 실제 대화에서는 몸과 마음에 화가 마구 올라와서 당황스러웠고 순간적으로 언성을 높였고 말투도 싸늘했다.

3. 만약 진심으로 하고 싶은 말과 행동을 하지 않았다면 앞으로 어떻게 반응하고 싶은가요?

먼저, 크게 심호흡을 다섯 번 하고 마음속으로 10까지 숫자를 센 뒤 몸과 마음에 작은 여유를 두고 이렇게 말하고 싶다.

"당근 크기가 좀 더 작기를 바랐구나. 당근 맛을 느끼지 않고 안심하면서 짜장을 맛있게 먹고 싶었는데 말이야. 엄마도 네가 기분 좋게 맛있게 먹는 걸 보고 싶었는데 서로 아쉽게 됐네. 엄마가 피곤해서 조금 크게 썰었는데 이미 완성해서 지금은 어떻게 할 수가 없어. 어떻게 하면 좋겠니?"

4. 오늘 스스로 뿌듯하고 가장 기분 좋은 사건(감정)은 무엇인가요? 왜 기뻤나요?

오래전에 한 수술 부작용으로 인한 정기 검진에 가서 격앙되거나 감정에 휩쓸리지 않고 내가 원하는 것과 할 수 있는 부분에 대한 사실과 감정을 차분히 이야기했더니 전혀 생각지 않은 일이 일어났다. 병원에서는 현재 가능한 선에서 책임을 지기로 했고 나 역시 담담하게 과거에 연연하지 않고 받아들일 수 있었다. 내가 나답게 살면서 적절한 말과 행동으로 표현할 때 주위 역시 그에 맞는 반응을 보인다. 오롯이 나다운 모습으로 과거와 현재를 포용하며 새로운 미래를 창조할 수 있어서 기쁘고 만족스럽고 뿌듯했다.

세 번째.

5. 오늘 하루를 보낸 나에게 하고 싶은 칭찬과 격려는 무엇인가요?

오늘 하루도 주어진 일상에 충실하게 후회 없이 보낸 나를 사랑하고 응원하며 축복한다. 창조에는 고통이 수반되기도 하지만 고통보다 더 큰 기쁨과 감사를 온전히 느끼는 내가 자랑스럽고 기특하다. 다른 사람의 인정이 아닌 스스로 인정하고 사랑하는 나 자신이 너무나 자랑스럽다!

보다 쉬운 방법으로 감사 일기를 작성하게 되었다.

감사 일기는 감정 일기보다 언뜻 작성하기 쉽다고 생각합니다. 하지만 감사의 내용이 떠오를 때도 있지만 떠오르지 않아서 억지로 떠올릴 때도 있습니다. 저 역시 초번에는 막연해서 '세 끼 식사를 할 수 있어서 감사합니다' '살아 있어서 감사합니다' 처럼 쥐어짜기도 했습니다.

만리장성도 작은 벽돌 하나에서 시작했듯이 매 순간 감사를 느끼는 삶은 하루아침에 이루어지지 않습니다. 다행스러운 점은 감사도 훈련을 통해 얼마든지 강화시킬 수 있다는 사실입니다. 의도적으로 감정을 직면하며 수용하는 것처럼 불행과 원망, 불평에 익숙한 삶에 감사라는 새로운 익숙함을 쌓으면 감사의 근육 역시 자라납니다.

감사 일기를 작성하던 초반에는 감정 일기와 마찬가지로 아무런 형식없이 감사의 이유와 내용만 작성했습니다. 감사 일기가 차곡차곡 쌓이자 몸과 마음의 상태에 따라 차이를 나타내는 감사의 양과 질이 눈에 띄었습니다.

'어떻게 하면 외부의 자극으로부터 영향을 덜 받을 수 있을까? 조금 더 세부적인 양식이 있으면 낫지 않을까?'

어린 시절 배운 육하원칙이 떠올랐습니다. 육하원칙에 따라 '언제, 어떻게. 누가. 무엇을. 어디에서. 왜' 했는지 구체화했습니다. 이 부분은 감정 일기를 작성할 때도 동일하게 적용했고 감정의 미세한 가지와 감사를 세분할수록 마음의 그릇은 넓어졌습니다.

누가: 내가

언제: 점심 식사 후

어디서: 따뜻한 햇볕이 들어오는 카페에서

무엇을: 수다를

어떻게: 달달한 달고나 라테를 마시면서

왜: 코로나 이후 오랜만에 만난 사랑하는 친구들과 여유로운 시간을 보내며 소통할 수 있어서

세 번째.

감사 일기

　　나는 점심 식사 후 따뜻한 햇볕이 들어오는 카페에서 오랜만에 만난 친구와 달달한 달고나 라테를 마시며 수다를 떨었다. 마음에 드는 편안한 공간에서 사랑하는 친구와 여유로운 시간을 보내며 소통하는 것이 얼마나 큰 감사인지 함께 할 수 있어서 감사합니다.

　마음의 그릇이 넓어짐에 따라 감사의 영역을 확장시켰습니다. 글을 쓰며 자신에게 하는 감사와 타인에 대한 감사로 나누었습니다. 눈에 보이는 것과 다른 사람에 대한 감사는 쉽게 찾지만 가장 소중한 저 자신에 대한 감사와 보이지 않는 것에 대한 감사는 인색하다는 사실을 깨달았습니다.

　　'아이들의 다툼에 휩쓸리지 않고 의연하게 내 마음을 지키고 모두가 원하는 것을 충족할 수 있는 방법을 찾아서 각자의 욕구를 충족시킨 나 자신에게 감사합니다.'

　　'걷다가 마주하는 시원한 바람에 행복을 느낄 수 있어서 감사합니다. 보도블록 사이로 삐죽이 올라온 제비꽃과 민들레의 아름다움을 발견하고 느낄 수 있는 마음과 당연한 것이 없는 일상을 깨닫고 누리게 해 주셔서 감사합니다.'

단어 하나로 행복과 불행을 선택할 수 있었다

저는 불면증과 수면제 금단증상 때문에 걷기 시작했습니다. 불면증과 수면제라는 장애물이 없었다면 지금까지도 걷지 않았음이 분명합니다. 누군가 예전의 저에게 세상에서 제일 싫은 것이 무엇이냐고 묻는다면 세 손가락 안에 운동이 들어간다고 할 수 있을 만큼 싫어했습니다. 그런 제가 불면증과 수면제 금단증상 때문에 걷기 시작했습니다.

오랜 기간 어찌할 수 없는 외부 환경을 탓하고 원망하며 '때문에'로 가득한 피해자의 삶을 살았습니다.

미세먼지 때문에, 금단증상 때문에, 이혼 때문에, ADHD 아이들 때문에, 생계 때문에, 불면증 때문에, 폭염 때문에, 폭설 때문에, 허약한 몸 때문에….

하고 싶지 않은 제 마음을 합리화하고 책임을 회피하기 위해 '때문에'는 반드시 필요했습니다. 비. 미세먼지. 더운 날씨, 폭설, 불면증, 수면제 금단증상. 더 나아가서 사람, 돈. 관계, 아이들, 직장, 공부와 같은 모든 것들은 '때문에'라는 단어 하나면 책임지지 않아도 괜찮았습니다. 면책 특권을 부여해 주는 마법의 단어라고 할까요?

그래서 '때문에'라는 단어에 모든 책임을 전가했지만 단어를 사용하는 빈도가 늘어날수록 불행은 커졌고, 커진 불행만큼 더욱더 '때문에'를 남발했습니다. '때문에'는 견고한 성벽처럼 저를 에워 쌓고 저는 그 안에서 꼼짝하지 않았습니다.

미세먼지 덕분에, 비 덕분에, 더운 날씨 덕분에, 돈이 없는 덕분에, 허약한 몸 덕분에, 폭설 덕분에, 불면증 덕분에, 수면제 금단증상 덕분에, ADHD 아이들 덕분에, 수면제를 끊은 덕분에….

'때문에'를 '덕분에'로 바꾸었을 뿐 상황은 아무것도 변하지 않았습니다. 하지만, 이 단어 하나로 불행은 행복으로 변화할 수 있습니다.

'미세먼지 때문에 걸을 수 없어.'

나가지 않고 종일 집에 있으면 몸과 마음은 더욱 가라앉고 미세먼지에 더 큰 원망을 쏟으며 주체성을 상실하고 자신을 잃게 됩니다.

'미세먼지 덕분에 외부에서 걸을 수 없으니 계단을 오르자.'

걷기 대신 차선책인 계단을 스스로 선택하고 오르며 도전과 성취

를 이룬 자신에게 대견함과 기쁨을 느끼며 삶의 주인이 될 수 있
습니다.

불과 단어 하나의 차이입니다. 단어 하나가 일으키는 마법입
니다. '때문에' 감사할 것이 없을까요? 동일한 이유로 얼마든지
감사할 수 있습니다.

'불면증 때문에 폭염에도 나가서 운동하고 걸어야 해서 짜
증 나.'

'불면증 덕분에 폭염에도 나가서 운동하고 걸을 수 있어서 감
사해. 평소 같으면 시원한 에어컨 아래에서 꼼짝 않고 있을 텐
데 이 더위에도 나 자신을 위해 움직일 수 있어서 감사해.'

불행과 행복은 단지 단어 하나의 차이입니다. 동전에 앞면과
뒷면이 있듯이 행복과 불행은 공존합니다. 불행을 통해 진정한
행복을 느낄 수 있고, 행복 가운데 불행이 찾아옵니다. 행복과
불행은 모두 나에게 달려있습니다.

'때문에'와 '덕분에' 중 무엇을 선택할까요? 선택은 온전히
내 몫입니다.

세 번째.

매일 밤 일기를 쓰자 놀라운 일이 일어났다

감정 일기와 감사 일기는 하루 중 언제 작성하면 좋을까요? 하루를 마무리하는 시점, 잠들기 전에 작성하는 것이 가장 효과적입니다. 불면증과 우울증에 약을 제외하고 가장 많이 내려진 처방은 바로 감사 처방입니다.

수면 전문가 마라 루이스 박사는 자기 전 단 몇 분이라도 오늘 하루 일어난 감사한 일에 대해 생각하면 수면의 질을 대폭 개선할 수 있다고 합니다. 실제로 2008년 영국 연구진이 400명의 성인을 대상으로 진행한 연구 결과 감사의 마음이 수면의 질과 양을 높이고, 잠드는 데 걸리는 시간을 줄인다는 것을 발견했습니다. 루이스 박사는 "우리가 감사하다는 생각을 할 때 수면을 통제하는 뇌의 시상하부를 활성화시킨다"며 매일 세 가지의 감사를 작성하는 감사 일기 작성을 권했습니다.[5]

캘리포니아 데이비스 대학 심리학과 로버트 에먼스Robert Emmons 교수와 마이애미 대학 심리학과 마이클 맥컬러Michae

---

5. 김경민 기자, "한국은 '수면 파산' 국가 美 수면코치 추천 '면역력 높이는 수면법'", 주간조선, 2021-3-30, http://weekly.chosun.com/news/articleView.html?idxno=17121.

McCullough 교수가 10주간 진행한 실험에 의하면, 감사하는 태도를 지닌 사람들은 여러 가지 삶의 유익을 얻었습니다.

삶의 만족도가 상승하고 건강이 좋아졌습니다.

운동을 열심히 하면서 행복지수가 상승했습니다.

숙면을 취하며 눈에 띄게 건강해졌습니다.

결단력이 높아지고 일 처리 능력이 향상되었습니다.

유머 감각과 유연성이 생겼습니다.

스트레스에 강해졌고 가족 관계가 돈독해졌습니다.[6]

비록 힘들고 마음에 들지 않는 하루를 보내더라도 감사로 하루를 마무리하면 불행 중 다행이라는 안도감이 생깁니다. 마음의 안정은 심신의 이완 및 안정과도 직결됩니다. 하루를 감사로 마무리하면 내일에 대한 기대와 희망을 품고 부정적인 사고를 긍정적인 사고로 전환할 수 있습니다.

또한 과거나 미래에 집착하지 않고 지금 머무는 현재에 집중하게 합니다. 과거와 미래가 아닌 현재에 온전히 집중할 때 우리는 자신에게 주어진 것과 할 수 있는 것을 발견할 수 있습니다.

6. 데보라 노빌, ≪감사의 힘≫, 위즈덤 하우스.

뇌과학적으로 도움이 되는 감정 일기와 감사 일기

뇌는 자는 동안 많은 일을 합니다. 뇌 속에는 신경세포_{뉴런}가 1000억 개 정도 있습니다. 이 신경세포는 서로 연결되어 있고 이 연결 부위를 시냅스라고 합니다. 이런 연결이 세포 하나당 1000개에서 1만 개 정도 있으므로, 뇌에는 무려 1000조 개의 시냅스가 있다고 볼 수 있습니다. 기억은 이 시냅스 하나하나에 저장됩니다.

잠자는 동안 뇌는 기억을 저장하고 뇌 안의 노폐물을 청소하고 면역계를 강화하는 등 매우 중요한 일을 합니다. 〈사이언스〉는 2013년의 10대 연구 성과 중 하나로 '잠을 잘 때 두뇌 세포 사이의 공간이 넓어지고 그 안에 쌓인 독소를 물청소하듯 제거한다'는 연구를 꼽았습니다. 연구에 따르면 자는 동안 뇌에서는 일종의 가지치기가 이루어집니다. 새로운 시냅스가 형성되고 소멸하기도 하면서 기억을 생성, 변경, 삭제하는 것이지요. 꾸준한 가지치기 덕분에 우리 뇌는 좁은 길이 아닌 고속도로처럼 넓은 길로 신경세포와 신경세포를 연결한다는 내용입니다.[7]

뇌가 노폐물을 청소하고 새롭게 재구성하는 데 있어서 감정

7. 김상연 한국뇌연구원 대외협력팀장, "잠자는 동안 뇌는 새롭게 태어난다", 테크M, 2017-7-22, https://www.techm.kr/news/articleView.html?idxno=4022.

일기와 감사 일기는 양질의 비료 역할을 합니다. 뇌에는 신경 가소성뇌 세포와 뇌 부위가 유동적으로 변화하는 현상이 있어서 모든 사람의 뇌세포는 죽을 때까지 생성하고 변화합니다. 한번 성장 후 성장을 멈추는 다른 기관과는 다릅니다. 학습과 환경, 경험에 따라 신경 세포는 얼마든지 긍정적 혹은 부정적인 방향으로 변화할 수 있다는 의미입니다.

매일 밤 자기 전 마음을 돌보고 살피는 감사 일기와 감정 일기는 실제적으로 뇌를 긍정적으로 변화시킵니다. 건강하게 장수하는 노인의 특징 중 하나로 읽기, 쓰기와 같은 학습 외에 긍정적이고 감사하는 마음이 있습니다. 매일 작성하는 감사 일기와 감정 일기는 이 모든 것을 동시에 가능하게 합니다.

미시간 대학의 크리스 피터슨 교수는 실제로 감사 요법Thank You Theraphy을 개발하며 감사에 대해 이렇게 이야기했습니다.

"감사하면 건강해집니다. 여러분의 몸과 마음이 아플 때 땡큐 테라피를 적용해 보십시오. 땡큐 테라피는 식전과 식후 아무 때나 복용할 수 있고 물과 함께 또는 물 없이 복용할 수 있습니다. 이 치료제는 부작용이 없고 더군다나 무료입니다."

세 번째.

감사한다고 즉각적으로 눈앞의 상황이 변화하거나 바로 숙면을 취하고 에너지가 솟지는 않습니다. 하지만 감사는 동일한 현실을 긍정적인 감정으로 받아들여 새로운 해석과 창조를 가능하게 합니다. 감사는 변하지 않는 삶을 변화시키는 기적의 핵심입니다.

감사는 두려움 없는 삶의 빗장을 여는 열쇠가 된다. 감사와 두려움을 동시에 품기란 불가능하므로 감사의 상태에 놓이는 순간, 두려움은 과거가 되고 우리는 가능성만을 볼 수 있게 된다.

감사효과는 충만한 삶을 영위하는 실로 단순한 비결이 아닐 수 없다. 당신에게서 방출되는 감사의 에너지는 누구나 느낄 수 있다. 눈에 보이지는 않지만 그 에너지가 만들어 내는 결과는 누구나 볼 수 있다.

《감사의 효과》, 존 디마티니[8]

8. 존 디마티니, 《감사의 효과》, 비전비엔피, 2008.

네
번
째,

삶의 주인으로 사는 이야기

오늘부터
내 삶의 주인은 '나'이다

무엇을 선택하고 집중할까?

몇 달 전 스마트폰을 바꿨습니다. 신형으로 교체한 스마트폰에 저보다 신이 난 아이가 사진 하나를 바탕 화면으로 추천했습니다. 저는 사진이 마음에 들지 않아서 싫다고 했습니다. 아이는 구도와 각도, 전체적인 분위기와 색상이 마음에 든다며 적극적으로 권했지만 저는 과거에 비해 두둑해진 팔뚝이 부각된 사진이 보기 싫어서 다른 사진을 바탕 화면으로 설치했습니다.

동일한 사진을 보면서 서로 선택하고 집중한 것은 전혀 달랐습니다. 아이는 아름다운 분위기와 구도를, 저는 나이를 속일 수 없는 팔뚝을 선택하고 집중했습니다. 각자 자신이 보고자 하는 것에 집중하면서 아이는 아름다운 눈길로 사진을 바라보았고 저는 못마땅한 시선으로 끝내 거부했습니다.

> 우리의 행복과 불행, 실패와 성공은 선택과 집중에 달려 있다

동일한 환경과 상황에서 무엇을 선택하고 집중하는지에 따라 전혀 다른 과정과 결과가 펼쳐집니다. 잠 못 이뤄서 힘든 밤에 돌이킬 수 없는 과거의 상처나 사건, 또는 불안을 선택하고 집중하지 않으셨나요?

다른 사람의 외모, 성적, 직장과 가정환경을 선택한 후 그것에 집중해서 비교와 자책에 고통의 밤을 보내지 않으셨나요? 정작 자신이 갖고 있는 장점은 보지 못한 채 말이지요.

긍정적인 사람은 자신이 갖고 있는 것, 그 안에서 할 수 있는 것을 선택하고 집중합니다. 반면에 부정적인 사람은 자신에게 없는 것, 부족한 것에 집중하며 할 수 없는 것을 선택합니다. 한마디로 불행을 자초합니다.

새로 산 옷을 입고 출근할 생각에 잔뜩 마음이 부푼 아침, 화창한 일기 예보와 달리 비가 쏟아진다면 어떻게 반응할 수 있을

까요?

'앗, 비가 많이 오네? 아쉽지만 새 옷은 다른 날 입자. 오늘만 날도 아닌데, 다행히 아직 드라이클리닝을 맡기지 않은 바지가 있어서 정말 다행이야.'

'비 온다는 말이 없었는데 비가 오네? 일기예보가 맞지도 않고 뭐 이래? 박 차장이 새 옷을 입고 올 때는 날씨가 좋더니 날씨도 안 따라 주네.'

날씨는 우리가 어떻게 할 수 없는 부분입니다. 할 수 없는 부분이 아닌 나에게 있는 것, 할 수 있는 것을 선택하고 집중할 때 행복할 수 있습니다. 행복과 불행, 실패와 성공은 주어지는 것이 아니라 스스로 만드는 것입니다.

장점만 갖고 있는 사람이 없는 것처럼, 단점만 갖고 있는 사람은 없습니다. 먼저 나에게 무엇이 주어졌는지 살펴보세요. 내가 갖고 있는 것이 보이지 않는다면 다른 사람에게 물어보세요. 나에게 주어진 것 가운데 할 수 있는 것을 선택하고 집중할 때 행복이 찾아옵니다.

고양이에게 쫓겨 궁지에 몰린 생쥐는 무엇을 할 수 있을까요? 아무것도 할 수 없다고 생각하면 그대로 고양이 밥이 되지만, 고양이 발끝이라도 물면 도망칠 기회를 얻을 수 있습니다.

세 번째.

지금 나에게 주어진 것, 할 수 있는 것을 선택하세요. 온전히 집중해서 정답이 아닌 나만의 해답을 찾아보세요.

'실수해도 괜찮아' 대신 '성공해도 괜찮아!'

실수에 어떻게 반응하시나요? 다른 사람의 실수에는 너그러우면서 혹시 자신의 실수에 대해서는 가혹하지 않으신가요?

전반적으로 우리나라 사람들, 그중에서도 특히 성취욕이 높고 비교와 경쟁에 익숙하며, 완벽주의 성향을 보이는 사람이 자신의 실수에 대해 냉정합니다. 체면을 중시한 유교 문화와 전통을 바탕으로 6.25 전쟁 이후 급속도로 성장한 역사적, 문화적, 사회경제적 배경에 원인이 있는 것으로 보여집니다.

져는 유독 자신에게 엄격했습니다. 다른 사람에게는 관대하고 너그러운 편이었지만 정작 가장 관대하고 너그러워야 할 저 자신과 아이들에게는 그렇지 못했습니다. 한마디로 실속 없이, 엄밀히 따지면 저와 큰 관계없는 남에게만 좋은 사람이었습니다.

최대한 실수하지 않기 위해 이런저런 경우의 수를 모두 대입하느라 머릿속은 늘 복잡했습니다. 실수를 방지하고자 전전긍긍했고, 완벽함을 추구하며 아이들의 사소한 실수마저 제 실수로 받아들이고 곱씹었습니다. '왜 실수를 피하고 싶은가'에 대한 본질은 잊었습니다.

실수 없이 완벽한 사람은 존재하지 않음에도 다른 사람들은 실수 없이, 실수를 하더라도 아주 사소한 실수만 하고 원하는 결과를 얻는 것 같았습니다. 다른 사람들이 이뤄낸 성과와 성공을 보며 그들에게 주어진 환경과 여건이 부러웠고, 비슷한 조건을 갖고 있지 않은 저 자신과 주변이 원망스러웠습니다. 불평과 불만, 자책과 자괴감에 자존감은 바닥을 쳤고 잠은 오지 않았습니다.

실수 없이 원하는 결과를 만들고 싶은 마음이 들수록 사소한 시도조차 하기 힘들었습니다.

실수를 완벽하게 차단하는 유일한 방법

아무것도 시도하지 않아서 아무 일도 일어나지 않았고 완벽하게 실수를 차단할 수 있었습니다. 아무 일도 일어나지 않는 정체된 고립 상태를 안전으로 여겼습니다. 원하는 삶은 변화가 가득하고 창의적인 역동적인 삶이었지만 실수하는 저 자신을 용납할 수 없었습니다.

불면증과 수면제 금단증상이라는 일생일대의 사건으로 어쩔 수 없이 변화를 선택하고 시도했습니다. 더 이상 아무 일도 일어나지 않은 채 머물러 있을 수 없었습니다. 무엇이든 시도해서 살아야 한다는 절체절명의 위기가 저를 변화로 이끌었습니다.

어린아이가 걸음마를 배울 때처럼 무수히 넘어지고, 실수를 반복하면서 온몸과 마음으로 받아들일 수 있었습니다.

'실수 없이는 결코 원하는 결과를 얻을 수 없구나. 성공이라는 결과 하나만 봤을 뿐 다른 사람이 이룬 하나의 성공에는 수백, 수천 번의 실수가 있었어.'

수백, 수천, 수만 번의 실수에 어쩌다 한 번 성공하는 것이 인생입니다. 하나의 성공에는 수많은 실수와 좌절이 담겨 있습니다. 어떠한 성공도 실수 없이 이루어지지 않습니다.

어쩌다 한 번의 성공도 이루지 못한 것 같으신가요? 지난 시간을 돌이켜 보세요. 실수에 가려서 보이지 않을 뿐 실수로 얻은 성과는 분명히 있습니다. 어쩌다 한 번 실수해도 괜찮은 삶이 아닌 어쩌다 한 번 성공해도 괜찮다고 스스로에게 이야기 해 주세요.

실수를 당연시할 때 자신을 가둬 놓은 완벽이라는 허상에서 자유로워질 수 있습니다. 삶의 뿌리는 성공이 아닌 실수에 있습니다. 마음껏 실수하세요. 실수는 당연합니다. 어쩌다 한번 하는 것은 실수가 아닌 성공입니다.

"어쩌다 성공해도 괜찮아."

변화하기 가장 좋은 때는 바로 고난과 역경의 때

입김마저 바로 얼어붙을 듯이 추운 겨울날, 빙판으로 변해버린 보도블럭 위를 걸었습니다. 수면제를 끊기 전에는 날씨가 춥거나 길이 미끄러우면 최대한 나가지 않았고 더군다나 얼어붙은 길 위를 걸을 생각은 하지 않았습니다.

'안 그래도 약한데 넘어져서 다치면 어떡해?'

스스로 만든 불안과 두려움에 갇힌 줄도 모른 채 저를 아끼고 보호한다는 명분으로 선택한 것은 회피였습니다. 선택하지 않으면 책임질 필요가 없었기 때문에 포기와 회피를 택했습니다. 포기와 회피는 또 다른 선택이라는 사실을 알지 못했습니다.

불면증과 수면제 금단증상으로 어쩔 수 없이 스스로 책임지는 삶에 들어서게 되었습니다. 걷기를 시작으로 그동안 선택하지 않은 것을 선택하고 실행했습니다.

난생처음 책임을 감내하며 선택한 걷기는 저 자신과 세상을 다시 보는 기회를 선사해 주었고, 더 많은 도전과 변화를 가능하게 했습니다. 불면증과 금단증상 때문이 아닌 불면증과 금단증상 덕분에 비가 오나 눈이 오나 걷는 습관을 지니게 되었습니다.

수면제를 끊을 때만큼의 간절함은 아니지만 집중이 흐트러지는 순간 바로 넘어지는 빙판 위를 걸을 수 있어서 감사했습니다. 중심을 잡기 힘들어서 걷기에 오롯이 집중할 수 있었습니다. 미끄럽지 않으면 그토록 집중할 수 없었습니다.

고난과 역경에는 어떤 의미가 있을까요? 나를 괴롭히고 넘어뜨리기 위해 왔을까요? 평안함과 안락함을 시샘해서 왔을까요?

고난과 역경은 우리를 성장하고 성숙하게 합니다. 고난과 역경 없이 변화는 일어나지 않습니다. 불면증과 수면제 금단증상을 겪지 않았으면 걷고, 내면을 직면하고, 건강하고 긍정적인 습관에 대한 필요성 자체를 인식하지 않았음이 분명합니다. 생각한 대로 행동하는 삶이 아닌 행동한 대로 생각하며 자기합리화와 세상에 대한 불평과 불만에 빠져 있을 제 모습이 눈에 선합니다.

삶의 밑바닥에서 불가능을 가능으로 만든 사람에게 발견되는 몇 가지 공통점이 있습니다. 그중에서도 가장 핵심적인 사항은 바로 익숙함으로부터 결별했다는 사실입니다. 과거의 익숙함에서 완전히 벗어나 때로는 불편하고 불안할지라도 새로움을 선택할 때 원하는 미래를 창조할 수 있습니다.

고난과 역경은 변화의 필요성을 인식하지 못할 때, 익숙함을 움켜잡고 있을 때, 용기를 내지 못하고 주저할 때, 진정으로 자기 자신을 위해 왜, 무엇을 선택해야 하는지 깨닫게 합니다. 또한 자신의 선택에 집중하고 실행하게 합니다.

미끄러운 빙판 덕분에 발과 다리에 힘을 주며 한 걸음 한 걸음 떼는 몸의 움직임에 온전히 집중할 수 있었습니다. 넘어져서 다치기 쉬운 인생의 빙판길을 걸을 때 무엇을 선택하고 집중해야 할까요? 우리가 선택하고 집중해야 할 것은 고난과 역경 자체가 아니라 그 길을 걷는 나 자신입니다. 추운 날씨와 빙판을 아무리 탓한들 날씨를 따뜻하게 하고 얼어붙지 않게 할 방법은 없습니다.

봄이 되면 애써 찾고 싶어도 빙판은 보이지 않습니다. 미끄러져서 다칠까 봐 걱정할 필요가 전혀 없습니다. 할 수 있는 것과 할 수 없는 것을 구분해서 선택하는 지혜가 필요합니다. 통제할 수 없는 것을 선택할 때 반드시 따라오는 것이 있습니다. 집중이 아닌 집착입니다. 집착은 우리를 불행하게 만드는 일등 공신입니다.

그동안 할 수 있는 것을 선택해서 집중했을까요, 할 수 없는 것을 선택해서 집착했을까요? 스스로 선택하고 집중해서 실행할 때 변화가 시작됩니다. 고난과 역경은 진정한 변화를 위한

세 번째.

선물입니다. 고난과 역경의 강도가 클수록 과거와 다른 선택을
할 수 있는 용기를 낼 수 있습니다. 변화하기 가장 좋은 때는 바
로 고난과 역경의 때입니다.

위대한 공헌과 기여는
작은 날갯짓에서 시작했다

나비 효과라는 말이 있습니다. 작은 나비의 날갯짓이 지구 반대편에 태풍을 일으킬 수도 있다는 뜻으로 누구도 정확한 미래를 예측할 수 없다는 의미지만 일반적으로는 작고 사소한 변화가 큰 변화를 일으킨다는 말로 사용됩니다.

끔찍하게 운동을 싫어하던 제가 걷고, 운동하면서 걷기가 습관이 되었고 예전과 비교할 수 없을 만큼 건강한 몸과 마음을 갖게 되었습니다. 특별한 일이 없는 이상, 에스컬레이터나 엘리베이터가 아닌 계단을 오르는 편입니다. 특히 미세 먼지가 심하거나 폭설과 폭염과 같은 기상 악화 시, 그리고 운동할 시간이 충분하지 않을 때 계단을 오르곤 합니다.

일을 마치고 저녁 식사 준비를 하기 전에 계단을 올랐습니다. 유독 이날은 층층이 엘리베이터가 섰습니다. 7층 정도에서 어떤 남자분이 계단을 오르는 제 모습을 보며 아내에게 이야기했습니다.

"저 사람 좀 봐, 당신도 운동 좀 하고 나도 계단 오르기라도 해야겠어. 매일 집에 올라오기만 해도 그게 어디야? 우리도 올라올 때는 계단으로 올라오지."

선한 영향력을 끼치고 싶지 않은 사람은 아무도 없다

우리 모두에게는 기여와 도움의 마음이 있습니다. 권유하지 않아도 자연스럽게 내 행동이 다른 사람에게 긍정적인 영향을 미쳐서 그 사람의 삶을 변화시킨다고 생각하면 행복하고 뿌듯합니다.

처음에는 저를 살리기 위해서, 불면증과 수면제 금단증상의 고통에서 벗어나기 위해 운동을 시작했습니다. 그 후 운동하지 않고, 걷지 않던 제가 변화하자 저희 아이들과 주변 사람들이 운동의 중요성을 깨닫고 실행하게 되었습니다. 감정 일기와 감사 일기를 작성하며 감정의 중요성과 의미를 깨닫고 저 자신을 돌보고 사랑했더니 불안과 우울로 힘겨워하던 아이들 역시 자신을 돌보고 사랑할 수 있게 되었습니다. '감정의 주인으로 사는 감정 일기' 청취자 및 수강생과 《나는 수면제를 끊었습니다》 독자들의 변화된 삶에서 제 삶의 목적과 방향에 대한 확신은 물론 보이지 않는 하나의 끈으로 연결되어 있음을 느끼고 있습니다.

역사는 단 한 사람에서 시작합니다. 지금 이 순간, 나 한 사람의 작은 변화는 나 한 사람만을 위한 변화가 아닙니다. 말과 행동 하나하나에 담긴 가치와 의미를 생각하며 주어진 하루를 어떻게 살아갈지 깊이 생각하고, 생각한 대로 실행하시기 바랍니다. 역사적이고 위대한 공헌과 기여도 시작은 작고 사소했습니다. 작은 날갯짓이 일으킬 태풍을 기대합니다.

자살 충동이 가장 큰 자산이자 버팀목이 되었다

수면제를 끊으며 겪은 금단증상 중에서 가장 고통스러운 경험은 자살 충동입니다. 한창 수면제를 복용할 당시 24시간 중 가장 행복한 순간은 다름 아닌, 어두컴컴하고 적막 가득한 방에서 아이들 몰래 입안에 수면제를 털어 넣고 눈을 감을 때였습니다. 하지만 그 순간의 행복이 진정한 행복이 아니라는 사실은 알고 있었습니다. 더 이상 아이들과 스스로를 속이고 싶지 않았습니다. 또한 모태신앙으로 다른 사람이 보기에 믿음 좋은 성도가 아닌, 진심으로 신실한 크리스천이 되고 싶어서 수면제를 끊었습니다.

행복한 미래를 꿈꾸며, 적어도 지금보다 나은 삶을 기대하며 끊기 시작했는데 자살 충동을 겪다니 살면서 이때보다 무섭고 두려운 적은 없었습니다. 이때만큼 간절히 살고 싶은 순간 역시 없었습니다. 그런 순간에 자살 충동이라니, 억장이 무너진다는 말로는 부족했습니다. 모든 희망을 산산조각 내는데 이보다 잔인하고 잔혹한 방법은 없었습니다.

그 어느 때보다 살고 싶은 순간에, 의지와 상관없이 언제든지 죽을 수 있다는 사실을 시시각각 일깨워 준 공포의 시간은 제 삶의 가장 큰 두려움이자 다시는 떠올리고 싶지 않은 상처로 자리했습니다. 하지만, 자살 충동은 여느 상처와 달리 흉터가 아닌 영광의 훈장으로 남아있습니다.

주어진 일상이 달리 보이게 되었고, 오직 살아있음에 진심으로 감사하게 되었습니다. 변한 것은 아무것도 없지만 불평과 불만 가득한 삶에서 감사와 기쁨이 가득한 삶으로 변화했습니다. 그때까지 저는 저를 제외한 환경과 상황이 변해야 한다고 생각했습니다. 무엇 하나 변화시킬 수 없음에도 제가 아닌 다른 것이 변하기를 원했습니다. 저의 바람은 집착이 되어 오랜 기간 집착에 사로잡혀 있었습니다.

세상의 변화로 제 삶이 변화하는 것이 아니라 제가 변화할 때 세상이 변한다는 사실은 바로 자살충동을 통해 깨달을 수 있었습니다. 어떤 외부 요소나 환경이 아닌 제가 변화하자 꿈쩍하지 않던 일상이 다르게 반응했습니다. 수면제를 끊으며 하루아침에 직업과 경제력, 건강과 인간관계를 모두 잃었지만 상실은 저에게 성장과 성찰이라는 선물을 선사했습니다. 그로 인해 새롭게 선택한 삶에 온전히 집중할 수 있었습니다.

죽음을 경험하지 않았다면 일상의 아름다움과 소중함, 그 가치와 의미에 대해 깨달을 수 있었을까요?

잃는 것이 많으면 채워지는 것 역시 많습니다. 잃은 것에 고정된 시선 때문에 채워진 것을 보지 못할 뿐입니다.

죽음과 고통의 시간에서 불행으로 행복을 깨닫고, 행복으로 불행을 깨달을 수 있음을 처절하게 배웠습니다. 죽음이 아니면 얻을 수 없는 행복과 감사였습니다. 담담하고 별일 없는 일상, 숨 쉴 수 있는 사실 하나만으로 충분합니다.

세 번째.

삶에는 한 면만 있지 않다

여전히 미미한 금단증상으로 불편하고, 예전과 같은 경제력을 회복하지 못했고, 1인 기업가로 자리 잡으며 두 아이의 엄마로 감당해야 하는 삶에 때로는 탈진할 만큼 힘들고 고달픕니다. 아이들의 ADHD와 제가 싱글맘이라는 사실은 변함없습니다. 하지만, 저는 진심으로 지금이 가장 행복하고 감사합니다.

누군가는 젊은 시절, 상처와 아픔 없던 과거로 돌아가고 싶어 하지만 저는 많은 것이 주어졌음에도 감사하지 못한 과거로 돌아가고 싶지 않습니다. 죽음에 대한 경험은 저를 다시 태어나게 했고, 무엇과도 바꿀 수 없는 자산이 되었습니다.

지난 과거로 돌아가지 않도록 지켜주는 든든한 버팀목, 안전지대를 벗어나지 않는 저를 변화하게 한 일등 공신은 삶의 가장 큰 고난과 역경이었습니다.

감히 장담합니다. 지옥 같은 경험과 순간은 '지옥의 나락에 떨어져라'는 의미가 아닙니다. 그 경험을 통해서만 얻을 수 있는 성장과 성숙이 있기 때문에 그토록 가혹하고 처절할 수밖에 없습니다. 지금 당장은 고통이 전부인 것 같지만 고통 뒤에는 숨겨진 의미가 있습니다. 그림자 뒤에는 빛이 있고, 동트기 전의 새벽이 가장 어두운 것처럼 고통과 역경은 새로운 삶이라는 선물의 포장지에 지나지 않습니다.

후회를 바라보는 관점이 현재와 미래를 달리한다

저는 오랜 시간을 후회와 자책, 그로 인한 분노 속에서 보냈습니다. 실수로 얼룩진 과거에 대한 후회는 스스로를 아무것도 할 수 없는 무능하고 쓸모없는 사람으로 여기게 했습니다. 아무 것도 하지 않으면 아무 일도 일어나지 않음에도 더 큰 후회를 할 것 같은 마음에 꼼짝하지 않은 채 불안까지 한껏 끌어안고 있었습니다. 스스로 과거와 현재, 미래를 모두 암울하고 암담하게 하고 있음에도 인식하지 못했습니다.

수면제를 끊으며 일을 할 수 없게 된 상황에 인지 능력이 떨어지고 브레인 포그와 함께 불안과 공포가 극에 달하며 엄청난 실수를 저질렀습니다. 이사할 계획으로 투자한 주식을 한순간에 매도하고 막대한 손실을 보았습니다. 당시에는 금단증상의 고통에 하루하루를 버티는 것 자체가 기적이었기 때문에 오히려 아무런 느낌이 없었는데 점차 시간이 지나고 증상이 호전되자 현실을 인식할 수 있었습니다. 상심은 깊었고 눈앞은 캄캄했습니다.

당장 마포대교에서 뛰어내려도 이상하지 않을 금액이라 한동안은 회복보다 잃은 것에 대한 후회와 절망이 저를 짓눌렀습니다.

진정으로 원하는 삶은 무엇인가요?

후회와 절망 속에 갇혀 있고 싶지 않았습니다. 시련과 역경을 극복하고 원하는 것을 이루고 싶었습니다. 제가 원하는 모습을 먼저 선택하고, 돈과 시간 어느 것 하나도 돌이킬 수 없다는 사실을 받아들이자 할 수 있는 것이 단순하고 명료하게 보였습니다.

돈에 무지한 자신을 책망하며 후회하지 않고, 원하는 미래를 위해 지금 무엇을, 어떻게 해야 하는지에 집중했습니다. 하지 못한 것이 아닌 해낸 것, 할 수 없는 것이 아닌 할 수 있는 것에 집중했습니다.

불면증과 수면제 금단증상이 아니어도 무엇을 하든 건강은 반드시 필요하기 때문에 운동과 좋은 습관에 집중했고, 흔들리지 않는 단단한 마음을 위해 내면을 들여다보고 돌봤습니다. 재테크와 경제 공부의 필요성을 깨닫고 미국 주식을 공부하고, 경제 신문과 매일 아침 신문의 헤드라인 기사를 읽고 경제에 관련된 뉴스레터를 구독하고 그에 맞는 강의와 유튜브를 들었습니다. 처음에는 몹시 생소해서 외계어 같던 단어들이 조금씩 들리기 시작했고, 자신감도 생겼습니다.

지난 시간에 대한 후회는 누구나 있습니다. 후회 없는 삶은 아무도 없습니다. 다만, 후회를 어떻게 바라보는지에 따라 현재와 미래의 삶은 달라집니다. 지나간 과거는 변화시킬 수 없지만 지금 존재하는 현재를 통해 미래는 얼마든지 변화시킬 수 있습니다.

소소하지만 제가 해낸 지극히 작은 성과와 할 수 있는 것에 집중했더니 모든 수면제를 끊고 불면증에서 벗어나서 몸과 마음이 건강해졌습니다. 설거지하기, 걷기, 한 모금 더 마시고 한 입 더 먹기, 매일 감정 일기와 감사 일기 작성하기, 매일 아침 하루의 목표 3가지 세우고 지키기처럼 작은 성과는 정말 거창한 일들이 아니었습니다. 그러나 이 덕분에 저는 작가와 코치가 되었고, 아이들과 행복한 가정을 이루게 되었습니다.

돌이킬 수 없는 것에 대한 집중은 집착만 낳을 뿐 아무런 유익이 없습니다. 우리는 하지 못한 것, 할 수 없는 것에 집중하는 부정 편향성이 있습니다. 그래서 의도적으로 해낸 것과 할 수 있는 것에 집중할 필요가 있습니다. 하지 못한 것과 할 수 없는 것에 집중하면 아무것도 변화시킬 수 없을 뿐만 아니라 불행으로 가는 초고속 열차에 탑승한 것과 마찬가지입니다.

미래를 변화시킬 수 있는 때는 지금 이 순간이며, 그 힘을 발휘할 수 있는 사람은 오직 나 한 사람입니다. 해낸 것을 선택해서 형성된 근거 있는 자신감과 향상된 자존감은 현실의 나를 움직이는 원동력이 되고, 그 힘으로 주어진 현실에서 무엇을 할 수 있는지 볼 수 있는 시야가 만들어집니다.

우선, 지난 시간 해낸 것부터 하나씩 살펴보세요. 사소한 것도 괜찮습니다. 사소한 것을 해낸 사람이 큰일을 할 수 있습니다.

할 수 없는 것에 대한 인정은 포기가 아닌 용기다

원치 않는 일이 생길 때 주로 어떻게 반응하시나요?

'이럴 수도 있어, 할 수 없지'라고 받아들이시나요 '대체 왜 이런 일이 생기는 거야? 라고 저항하시나요?

저는 아이들의 ADHD 와 이혼, 불면증, 수면제 금단증상처럼 원치 않는 사건이 벌어질 때마다 몹시 속상했고 화가 났으며 억울했습니다. 저한테는 일어나지 않아야 하는 일이었습니다. 다른 사람의 삶에는 일어날 수 있어도 제 삶에는 일어나면 안 되는 일이었습니다.

억울함과 속상함, 당하고 있지만은 않겠다는 마음에 아이들의 ADHD와 이혼, 불면증은 물론, 수면제 금단증상까지 온몸으로 거부하고 저항했습니다. 더 이상 할 수 없을 만큼 최선의 노력을 기울였습니다. 아이들을 데리고 가는 병원과 치료 센터에서 저 같은 엄마는 처음 봤다고 혀를 내둘렀습니다. 업무 면에서도 저 같은 판매자는 처음이라는 고객들로 단골이 늘었고 거래처에서도 인정을 받았습니다. 비록 수면제 용량은 나날이 늘어갔지만 이보다 잘할 수는 없었습니다.

'아이가 ADHD라니 말도 안 돼, 어떻게든 고칠 거야' '내가 무슨 잘못을 했다고 불면증이람?' 불면증도 힘든데, 이제 좀 살 만한데 수면제 금단증상까지? 어떻게 이럴 수가 있어?'

어느 것 하나 받아들이고 싶지 않은 마음에 들인 수고는 노력이 아닌 저항이었습니다.

다른 사람에게 일어나는 일은 내게도 일어난다

단지 받아들이고 싶지 않을 뿐입니다. 남들에게 좋은 일만 생기지 않는 것처럼 내 삶에도 좋은 일과 원하는 일만 일어나지 않습니다.

A에게 생긴 불면증은 나도 생길 수 있고, 우울증으로 고생하는 B처럼 우울증으로 무기력해질 수 있습니다. 교통사고를 당한 C처럼 비슷한 사고를 당할 수도 있고, 믿었던 친구에게 사기를 당한 D처럼 사기를 당할 수도 있습니다. 누구에게나 일어날 수 있는 일입니다. 나에게는 일어나지 않기를 바라는 마음이 지

나쳐서 삶을 최대한 통제하려고 했을 뿐입니다.

일어나도 괜찮은 일, 반드시 일어나면 안 되는 일, 무조건 일어나야 하는 일로 아무리 삶을 제한하고 거부한들 통제할 수 없습니다. 완벽하거나 절대적인 인생은 없습니다. 원하는 인생은 있어도 원하는 대로 펼쳐지지 않는 것이 인생입니다.

저는 이 사실을 받아들이기까지 매우 오랜 시간이 걸렸습니다. 최선의 노력, 최고의 노력을 기울이면 1등은 아니어도 언저리에서나마 비슷하게 얻을 수 있다고 생각했습니다. 어느 것 하나 받아들이고 싶지 않은 마음에 들인 수고는 노력이 아닌 저항이었습니다.

저항을 위한 무의미한 노력을 거두었습니다. 과정에 따른 노력부터 결과까지 모두 손에 움켜쥐고 싶을 정도로 간절한 마음을 온전히 받아들였습니다. 자신을 보호하고 안심하고 싶은 마음 하나를 붙잡고 그토록 애썼다는 사실에 깊은 연민이 솟아올랐습니다.

통제할 수 없는 것으로 가득 찬 것이 인생입니다. 통제한다고 생각하는 나 자신조차 통제하지 못합니다. 불과 1분 1초 전의 말과 행동에 후회하는 것이 인생입니다. 통제할 수 없는 것에 대한 집중은 집착을 낳습니다. 저항하지 말고 받아들이세요. 결과는 내 몫이 아닙니다. 할 수 없는 것을 온전히 인정하고 받아들일 때 할 수 있는 것이 보입니다. 할 수 없는 것에 대한 인정은 포기가 아닌 용기입니다.

삶의 밑바닥에서 가장 빨리 올라오는 방법을 찾았다

지금 이 순간 삶의 밑바닥에서 고통받고 있다면

아이들의 ADHD와 구순구개열, 이혼, 불면증으로 저에게 할당된 고통의 임계점은 이미 충분히 넘어섰다고 생각했습니다. 더 이상의 고통을 감당할 능력은 없었습니다. 하지만, 고통은 현재의 제 능력을 보지 않았습니다. 고통으로 인해 발휘될 진정한 능력에 초점을 맞추고 있었습니다. 수면제를 끊으며 상상하지 못한 온갖 신체적, 정신적, 정서적 금단증상을 제 고통의 끝자락으로 여겼습니다. 이보다 더한 고통, 더 이상 떨어질 곳은 없다고 확신했습니다.

'뭐가 남았을까?'

남아 있는 것이 없는 것 같았는데 여전히 잃을 것이 있었습니다. 매일 이보다 더한 고통과 고난은 없을 것만 같았는데 신기하게도 더 처절하고도 깊은 바닥은 있었습니다. 밑바닥이라 생각한 곳도 실은 완전한 바닥은 아니었습니다.

'여기까지일 거야, 더 이상은 견딜 수 없어. 이것도 없으면 난 어떡하라고, 이것도 못 하면 난 어떻게 살아….'

차곡차곡 건강과 직업, 경제력과 인간관계까지 상실하며 완벽하게 모든 것을 잃었습니다. 잃지 않기 위해 발버둥 치는 노력 같은 것은 할 틈도 없이 속수무책으로 잃었습니다.

매일 고통과 고난의 한계를 설정하며 필사적으로 거부하며 저항한 저 자신이 저를 더 괴롭고 아프게 했다는 사실은 완벽한 밑바닥에 떨어지고 나서야 깨달았습니다. 수용과 희망이 아닌 저항과 분노, 두려움 속에서 진정한 능력은 발휘될 수 없었습니다.

밑바닥에 닿지 않고, 더 이상의 나락에 떨어지지 않기 위해 몸부림치며 두려워하던 때와 달리 모든 상황을 받아들이기로 했습니다. 나날이 악화되는 상황에 내일이 오기를 두려워하는 것이 아니라 내일 일은 내일에 맡기고 내일이 온다는 사실 자체만 받아들였습니다. 완전한 나락에 떨어지자 의외로 홀가분했습니다. 더 이상 두려움은 남아있지 않았습니다. 드디어 절망이 아닌 희망을 지닐 수 있었습니다.

'더 이상 떨어질 곳이 없으니 이제는 올라갈 일만 남았구나.'

더 이상 잃을 것이 없고 내려갈 곳이 없는 바닥을 수용하자 올라갈 힘이 생겼습니다. 저항과 분노, 절망과 공포가 사라지고 희망과 자유가 찾아왔습니다.

바라던 희망과 자유는 저항과 분노, 절망과 공포 속에서 얻을 수 있는 것이 아니었습니다. 공을 바닥에 내리쳐야 올라오듯이 완벽한 바닥에 떨어져야 올라갈 수 있는 힘이 주어집니다. 밑바닥에 떨어지는 것을 피할 수 없다면 저항하지 말고 맡기세요. 빨리 떨어지는 것이 빨리 올라오는 최선의 방법입니다.

"절망적인 상황은 없다. 절망하는 인간이 있을 뿐이다."

– 하인츠 구데리안

제일 먼저 찾아야 하는 것은 본질이다.

책을 읽고서 어떤 생각이 드시나요? 이대로 있는 것은 아닌 것 같다는 생각에 당장 무엇이라도 해야겠다는 마음이 들 수 있습니다. 물론 저 역시 불면증을 넘어서 많은 분들의 몸과 마음을 일깨우고 싶어서 글을 썼습니다. 책이 결심을 넘어 결단의 길로 인도하는 안내자가 되기를 진심으로 바랍니다.

조심스럽게 몇 가지 질문을 드리고 싶습니다. 어떤 결심을 하

세 번째.

셨나요? 그리고 결심에 따라 무엇을 하려고 하시나요? 결심 자체도 쉽지 않지만 실행이 지속되기 힘든 것은 어떤 이유 때문일까요? 많은 내용에 공감하며 깨닫고 지식을 축적해도 제 자리를 맴도는 이유는 무엇 때문일까요?

대부분 이렇게 이야기합니다.

"다 알겠는데 막상 무엇what부터 해야 할지 모르겠고 의지가 약해서요."

'무엇'이라고 표현하지만 실은 '무엇' 뒤에 있는 '왜why'를 알지 못하기 때문입니다. '왜'하고 싶은지, '왜' 해야 하는지가 명확하면 그에 따른 무엇what과 방법how은 물론 의지도 따라옵니다.

마음에 품은 원대한 생각보다 한 발짝의 실행이 중요합니다. 하지만, 왜 한 걸음 내디뎠는지 행동 뒤에 있는 본질을 알아야 합니다. 본질 없는 실행은 독이 될 수도 있습니다. 이 책을 왜 읽으셨나요? 책을 통해 얻고 싶은 것은 무엇인가요? 얻고 싶은 것이 충족되었다면 어떤 부분이 충족되었나요? 충족되지 않았다면 무엇이 충족되지 않았나요?

이제 내 삶을 돌아봅니다. 나의 결심에는 어떤 의미가 담겨 있나요? 그 결심을 통해 이루고자 하는 목표는 무엇이며 왜 이루고 싶은가요? 그렇다면 어떤 방법이 있을까요?

아마도 대부분 불면증에서 벗어나서 잠을 잘 자고 싶다고 하겠지요. 하지만 그것은 본질이 아닙니다. 불면증에서 벗어남으로 원하는 것, 잠을 잘 자게 되므로 이루고 싶은 것은 무엇인가요? '수면, 휴식, 자유, 자기 보호, 안정과 안심, 편안함, 회복, 치유, 자각, 질서와 균형, 명료함, 예측 가능성, 성취와 성공, 사랑, 인정, 관심' 이 중에서 얻고 싶은 것, 충족하고 싶은 것을 선택해 보세요. 바로 이 책을 읽은 본질은 거기에 있습니다.

우리의 말과 행동 뒤에는 숨어있는 본질이자 의도가 있습니다. 본질 없는 말과 행동은 존재하지 않습니다. 매 순간 무엇이 아닌 왜 원하며 하는지 질문하세요. 정직하게 응하고, 그것을 온전히 받아들이세요. 바로 그때, 실행에 진정한 동기와 꾸준함이라는 날개가 펼쳐지기 시작합니다. 해답은 본질에 있습니다.

"먼저 본질부터 찾으세요."

세 번째,

에필로그

행복이 기본값인 인생

누구나 알고 있는 방법으로 불면증이 좋아지고 더 나아가서 행복해질 수 있다고 생각하지 않았습니다. 보다 특별하고 극소수만 공유하는 방법을 알게 되면 불면증에서 벗어나 원하는 행복을 얻을 수 있다고 생각했습니다.

일반적인 삶, 평범한 일상, 비슷비슷한 하루를 그동안 얼마나 얕잡아 봤는지 수면제를 끊고 불면증에서 벗어나면서 깨닫게 되었습니다. 지독한 오만과 편견으로 가득 찬 것은 다른 사람들과 불합리해 보이는 세상이 아닌 바로 저 자신이었습니다.

일반적이고 평범한 일상과 하루에 담겨있는 단순하고도 명료한 진실을 믿고 행하자 숙면 이상의 제가 원하는 것을 얻게 되었습니다.

저는 매일 새벽 정해진 시간에 일어나 이불을 개고 죽염을 탄 따뜻한 물을 한 잔 마십니다. 물을 마시며 오늘 하루를 다짐하는 긍정 확언을 하고 성경을 읽고 기도합니다. 그리고, 하루의 목표 3가지를 작성하고 블로그에 글을 올립니다.

스트레칭과 홈 트레이닝을 한 후 직접 만든 영양가 있는 음식으로 아침 식사를 합니다. 이메일 확인과 뉴스 기사를 보며 본격적인 하루를 시작합니다. 글을 쓰고 코칭을 하고 살림을 하느라 몹시 바쁘지만 운동은 빼놓지 않습니다. 하루를 마무리하며 매일 자기 전, 저는 물론 아이들과도 감정 일기와 감사 일기를 나눕니다.

얼마 전 행복을 주제로 감정 일기를 나누었습니다.

"오늘의 감정은 행복입니다."

"항상."

"항상 느껴? 짜증 나고 화날 때도? 저녁 먹고 나서도 짜증 내지 않았어?"

"응, 짜증 나고 화날 때도 행복은 무조건 기본값이야."

"행복이 기본값이라니 정말 행복한 삶이네. 네 대답을 들으니 엄마도 행복하고 감사해."

"오늘 나는 언제 행복을 느꼈냐면 아침부터 지금까지."

"에이, 빨리 자고 싶어도 좀 더 생각해 보자. 오늘은 집에 와서 짜증 내고 화낸 시간이 좀 많지 않나?"

"진짜야. 행복이 기본값, 히히히."

"그럼 오늘의 핵심 감정은?"

"피곤, 슬픔, 아쉬움. ○○이가 전학 가서 아쉽고 슬펐고 졸리고 더워서 피곤했어."

"오늘 누나랑 엄마랑 다 같이 엘리멘탈 봐서 감사했고, 내가 나한테 하는 감사는 서현역에서 집까지 혼자서 걸어와서 감사해."

아이에게 행복이 기본값이라는 이야기를 들었을 때 마음속에 있던 꽃밭의 꽃들이 일시에 꽃망울을 터뜨리는 것 같았습니다. 수면제에서 벗어나기 위해, 불면증에서 벗어나고, 상처와 아픔에서 벗어나서 행복해지기 위해 얼마나 노력했는지 모릅니다. 집착하며 움켜쥐려고 했을 때는 도망가기만 하던 행복이 이렇게 소리소문없이 일상에 스며들어 있었습니다.

언제부터 행복이 기본값이 되었는지는 알 수 없습니다. 다만 행복을 위한 노력을 내려놓자 행복이 다가오기 시작했다는 사실입니다.

행복하고 싶으신가요? 어떤 조건에도 연연하지 않고 모든 것을 받아들이고 할 수 있는 것을 실행할 때 행복이 시작됩니다.

행복은 매일 주어진 담담한 일상에 있습니다.

굿 바이 불면증

불면의 밤과 안전하게 이별하는 법

초판인쇄 2023년 11월 24일
초판발행 2023년 11월 24일

지은이 정윤주
발행인 채종준

출판총괄 박능원
책임편집 유 나
디자인 서혜선
마케팅 조희진
전자책 정담자리
국제업무 채보라

브랜드 라라
주소 경기도 파주시 회동길 230(문발동)
투고문의 ksibook13@kstudy.com

발행처 한국학술정보(주)
출판신고 2003년 9월 25일 제406-2003-000012호
인쇄 북토리

ISBN 979-11-6983-776-7 13810